題名のない本

宇宙人、福井豪です。

僕のことを知らない人は「?·?·?·」と思うかもしれませんね。

僕たちはみんな、大宇宙の中にある素晴らしい星〝地球〟に住んでいる宇宙人なのです。

視点を変えて物事を見ていくと、いつもあなたの周りにあるものも違って見えてくるのではないでしょうか。

この本が、あなたにとってそんなきっかけの一つになってくれたら嬉しいです。

この本を手に取ってくださったあなたに感謝します。

序章

僕はたびたび考えることがある。

先日、福島の原発周辺に住んでいる方々と飲む機会があった。その際、かつて原発周辺で飼われていた家畜たちの話になった。原発事故の影響で、半径数キロ以内の立ち入り禁止区域で飼われていた家畜たちが、やむなく置き去りにされていたのだが、数年経つと野生化しているという話を聞いた。

人間は「餌をあげないといけない」「ちゃんと飼ってあげないといけない」などと心配するが、牛や豚にとって、人間の心配は、はたして必要なことだったのだろうか?

人間の手から離れてみると、丸々太っていた牛がシエイプアップされ、美しいからだになって走り回っていたり、豚なんてイノシシと区別がつかないくらいになり、元の姿を取り戻しつつある。その子たちが産んだ子供は、すでにイノシシ化しているそうだ。

もともと豚なんて品種はいないわけで、人間が家畜用に作り上げたのが豚だ。

英語でイノシシのことを"Wild Pig"と言うわけだが、"Wild Pig"が宇宙の創造主である神（サムシンググレート）が創った本当の"Pig"だ。

そう考えたときに、自分自身を当てはめてみた。
自分は、創造主が創った"Wild Human"をやれているのだろうか？
それとも、誰かに作られた"Pig Human"になってはいないだろうか？

あなたはどうだろう。

本題に入る前に、僕にとっての「事実」と「真実」の定義を伝えておきたい。
この違いをわかりやすく伝えるために、とあるカップルが喧嘩をして別れたという事件が発生したとしよう。このカップルの間には、何かしらの別れるきっかけとなった出来事（事実）があるはずだ。しかし、別れた原因を彼氏側と彼女側に聞いてみたら、おそらくお互いの言い分は違ってくる。それを、彼氏が友達に話したら彼女が悪者になり、彼女が友達に話したら彼氏が悪者になるだろう。

本人同士でさえ、別れた原因の認識は違ってしまう。その認識が人を介して伝わっていき、良くも悪くも「上塗りされた事実（真実）」が広がっていく。

つまり、「事実」というのは起こった出来事だから一つしかない。しかし、それをどう受け止めて、どう感じたかは人の数だけ異なる。それが、人それぞれの「真実」になっていく。

世の中のいわゆる常識や歴史、学説なんかも、本当の「事実」かどうかというのは誰にもわからない。一つの事実に対して、自分がどういうことを感じたのか、どういうふうに思っているのか、何を面白いと思っているのか、という人それぞれの認識があるだけだ。

それがその人の「真実」であり、その人の「世界」になっていく。

これから僕が述べていくことも、僕なりの「真実」だ。

世界100カ国を旅して経験してきたことや、さまざまな出会いから学ばせてもらったことを、本という形で皆さんにシェアしていきたいと思っている。それが正解とか不正解とかではなく、これが現時点の僕が感じていることで、僕が認識している価値観で、福井豪ワールドなのだ。

この本が、少しでもあなたにとっての元氣になったり、お役に立てたら幸せです。

宇宙人、福井豪

それでは、まず最初に僕の簡単な自己紹介からさせていただく。

僕は青森県八戸出身で、父親の仕事の関係で千葉と東京で育った。幼少期を振り返ったときに、あらためて両親に対して本当にありがたいなと思うことがある。それは、自由奔放に好きなことをして過ごす僕を、頭ごなしに叱ったり、大人の常識で縛りつけなかったことだ。

僕は、子供のころからなぜか人と同じことをすることに違和感があった。

通学路にすら違和感を感じて、学校から指定されていた通学路は使わずに、毎日違う道で学校に通っていた。下校中でも何時間も虫観察に夢中になったりと、とにかく自由奔放で、周囲とは少し変わった幼少期だったと思う。

ある日、僕はナメクジを拾い集めてきて、「殻がないカタツムリだ！」と言って家に持って帰ってきたことがある。普通の母親であれば「氣持ち悪いから捨ててきなさい！」などと言うだろう。しかし、僕の母親は「あら可愛いね〜」と言って受け入れてくれた。さらに、わざわざカゴまで買ってきて、一緒にナメクジを育てていたことがある。そんな些細なことだが、僕のやることを否定しないで見守り続けてくれたことが、今の僕を形成していっているのだと思う。

父も厳格なところもあるが、絶対的な優しさで、いつも愛情を持って信じて見守ってくれていた。

この歳になって、あらためて有り難さがこみ上げてくる。愛情たっぷりで僕を可愛がってくれた天国にいる祖父母たちにも感謝しているし、先祖の方々にも心から感謝している。


そんな幼少期を過ごしたからなのか、大きくなってからの僕も、普通の人たちと同じように就職活動などはせずに、自分らしく自由に生きられる道を探していた。

半年の会社員生活、その後の議員秘書の経験を経て、25歳になったときに「自由に生きる」という決意を原動力に起業し、無一文の状態から自分のビジネスをスタートした。たくさんの紆余曲折がありながらも、未来のなりたい自分に向かって一所懸命に突き進んだ。

振り返ってみると、すべてがキラキラとした楽しい思い出だ。

今の僕は、20代のころに思い描いていたような「自由に、自分の人生を全開で生きる」という生き方になっている。

旅好きな僕は、日本もさることながら、世界中を縦横無尽に飛び回って新たな経験や出会いを楽しんでいる。

これまで見てきたさまざまな景色や経験は、とてもじゃないが文章で語ることはできない。言葉では表現できない想像を超えた感動に、僕は出会ってきた。世界を旅するたびに、自分の中で凝り固まっていた枠が破壊され、新しい自分が創りあげられていく。まるで、蝶が蛹から飛び出して大空に羽ばたいていくような感覚。この感覚が好きで、僕はマニアックな旅をずっと続けている。

肉体が寿命を迎えるまでに、どれだけの景色や出会い、経験を魂に刻み込めるか。

それが僕の人生のテーマだ。

今の僕の人生では、通勤時間の満員電車に乗ることもないし、上司もいないし、定時なんていうのも存在しない。寝る時間、起きる時間も決まっていないし、休日という概念もない。寝たいときに寝る。起きたいときに起きる。働きたいときに働きたいだけ働く。

いつどれだけ休んでもいいのだけれど、僕は人が大好きで、仕事も大好きだから、毎日とても楽しく働いている。

僕にとって仕事とは、誰かに必要としてもらえるモノや事を提供させていただき、人の役に立ち、人を喜ばせるということだ。

仕事と遊びの境界線というものはなくて、仕事が究極の遊びで、遊びが究極の仕事。「これを教えたらみんなが喜ぶだろうな〜」という感覚が僕の仕事のモチベーションになっていき、まるでゲームみたいに目の前の課題を一つ一つクリアしていくような感覚で楽しんでいる。

だから、24時間寝る時間も込みで、自分のやりたいことしかしていない。僕の頭の中のスケジュール帳は、いつもやりたいことでいっぱいだ。

こんな生活をかれこれ20年以上やってきたわけだが、今この本を書いているときはちょうど50歳になったくらいだ。そして、旅した国の数はようやく100カ国。

僕は〝福井豪〟という人生を、自由に、全開で楽しんでいる。僕にとっての自由の定義とは「自分に従う」ということ。自分の魂の声に従って生きているということだ。

もし、少しでも「自分の人生をおもいっきり自由に生きる」というテーマにワクワクしたならば、この先も読み進めてほしい。

これから伝えていくのは、木で例えるならば、目に見える部分の葉っぱや実の部分ではなく、どちらかというと、目に見えない土や根の部分の話だ。目に見えない土や根の質が、目に見える葉っぱや実の質を変えていく。そこが豊かに健康に、面白くなると、すべてが整っていく。

世界はどんどん身近に、小さくなっている。物理的な距離は今も昔も変わらないかもしれないが、インターネットやSNSなどのツールによって、意識や距離感というものはものすごく縮まっている。どこの国籍だとか、どんな育ちだとかは関係ない。

あなたの面白さが世界の裏側まで届く時代なのだ。

あなたは世界でたった一人のユニークな存在。

マジメに規則を守って、普通という枠からはみ出さないように生きるのが美徳の時代ではなく、あなたがあなたの面白さをもっともっと育てていき、思いっきり好きなことでとんがっていった方がいい。

人と比べるなんてナンセンス。だって、人はそれぞれ違うユニークネスを持っているのだから。

地球は、あなたのユニークネスを求めている。

目次

教育

僕の生まれ故郷である青森県八戸市に、明治時代からやっている古い旅館がある。そこに宿泊した際に、女将と話す機会があった。女将は昭和初期の生まれで、ちょうど小学校1年生のときに終戦を迎えたらしい。女将は、当時の記憶を僕に話してくれた。

「昔はみんな貧しかったから、先輩からもらったおさがりの教科書を使っていたのよ。それで戦争に負けちゃってから学校に行くと、教科書に墨を塗るように言われたの。言われたままに墨汁を教科書に塗っていたら、もうほとんど読むことができないくらい真っ黒になったんだから！今まで勉強してたことは、ほとんど勉強できなくなっちゃったのよ！」

どうやら、戦前の学校教育と戦後の学校教育はまったく違うものになってしまっているようだ。

日本が戦争に負けてからは、戦勝国が日本を統治することになった。期間はおよそ7年間。教科書に墨を塗るように定めたのも、おそらく戦勝国の指示だろう。

つまり、戦後の日本の学校教育は、戦勝国が定めた教育だと考えられる。

では、戦勝国は教育を通して、日本人にどうなってもらいたかったのだろうか？　少なくとも、戦前の教育とはまったく違うものになったことは間違いない。

本当の教育というのは、その人が人間としてより幸せに、素晴らしい人間になっていくために学ぶものだ。今の学校教育というのは、そういった意図で作られているのだろうか？　戦後の学校教育において、成績が良い人というのは、誰が意図した、誰が意図する理想の人間なのだろうか？

現代の学校教育において、はたして教わったことをそのまますべて鵜呑みにしてもいいのだろうかと、僕は疑問に思う。

食事

食事の「食」という字は「人を良くする」と書く。

今の世の中、ただ胃袋を満たすためのものなら、コンビニやスーパーに行けばなんでも手に入る。むしろ、掃いて捨てるほど溢れかえっている。だから、食べることに困っている人はほとんどいない。

けれど、「食」を「人を良くする」という観点で見たときに、「食」を提供してくれる飲食店やお店はちゃんと探さないとないのが、残念ながら今の日本の現状だ。

もちろん、日本には人を良くするための「食」を提供してくれている人たちはたくさんいる。しかし、現在流通しているほとんどの食べ物に関しては、残念な状況だ。日本の食は安全で、海外の食は危ないと思っている人は多いと思うが、実際は日本の食の方が危ないと僕は思っている。

世界を旅しているときに、日本について書いてあるガイドブックを見てショックを受けたことがある。「日本の野菜は農薬の使用量がすごいからあまり食べないでください」と書いてあったのを見つけたときだ。

日本では、心臓病などのさまざまな疾患の原因と言われ、使用禁止の国も多い「トランス脂肪酸」や、同じく多くの国で使用禁止されている除草剤なんかも普通に使われている。さらに、世界で一番多くの食品添加物の使用許可がされていたり、品種改良された遺伝子組み換え食材やホルモン注射された輸入肉の規制が甘く、普通に市場に出回っていたりする。

これらの実態を知らない人がほとんどなわけだが、日本のメディアは公には公表しない。おそらく、利権や政治などが絡んできてしまうからだろう。

大企業が安さと利益を追い求めた結果、大量の保存料や食品添加物を使った食べ物が市場に溢れかえることになった。それが原因なのかはわからないが・・・日本は世界一のガン大国、世界一の精神病患者数、世界一の自殺大国、世界一の寝たきり老人率など、不名誉なナンバー1がたくさん生まれてしまった。

「豊かに幸せに生きる」ということにとって、健康というものは最も重要なファクターの1つだが、そのことについてあまりにも無関心だったり、無知である人が多すぎる。

世の中に流通している物は売れているから存在できるのであって、売れなければ流通しない。だから、買うことで応援もできるし、買わないことで抗議ができて、世の中からなくしていくこともできる。消費者が賢くならないと、自分で自分の首を絞めていくことになってしまう。ある意味、**物を買うことは投票することと同じだ**。何でもいい、どうでもいいという無関心が、この国をダメにしてしまう。目を覚ます人がどんどん出てこないと、この国に未来はない。

あなたやあなたの周りの人たちが元氣に過ごすためにも、からだを形成する細胞や100兆とも言われる微生物たちが喜ぶようなような食べ物を摂ることや、からだの機能を狂わせたり壊してしまうようなものをなるべく入れないことが、人生を豊かに楽しく生きていくために、すごく重要なことであると思う。

健康というのは、人生を過ごしていく上での土台みたいなものだ。口から入れたものが、あなたのからだや精神を作っていく。

強靭な土台を作っていくためのホンモノの食材を、宝探しのように探していこう。

体育

世界中を旅していると、ラテン系の人たちやアフリカ系の人たちが、ダンスをしている姿を目にするときがある。そのダンスは、全身を思いっきり使っていて、とにかく躍動感がすごい。ジャンプをするときも、しゃがんでからジャンプをする姿を思い浮かべる人がほとんどだと思うが、アフリカの人たちはしゃがんでジャンプはしていない。立ったまますごいジャンプをするわけだ。

そういう世界の人たちを見たときに、日本人とはからだの使い方があまりにも違いすぎることを感じた。その違いに興味を持っていろいろと観察してみると、日本の赤ちゃんとアフリカの赤ちゃんは同じ動きをしている。ハイハイを見比べてみても動きは同じだ。歩き方も。

では、一体どこで変わっていくのだろうか？

もちろん、からだの大きさや肌の色の違いはあるのだが・・・僕は、その違いというのは教育の違いから生まれているのではないかと思っている。いわゆる、学校教育の体育だ。

例えば、僕たちが小学校で何氣なくやらされていた体育座りがある。

小学生のとき、体育座りをしながら校長先生の話を聞いたことは誰しもがあると思う。想像してみてほしいのだが、体育座りという姿勢は、背骨が丸まり、腸が潰れる状態になっている。この姿勢というのは、後傾姿勢になってしまっていて、本来座るときに使うべき骨（坐骨）を使えていない。この状態で何時間も座っているわけだから、結果的に変な姿勢が身についてしまう。しっかりと骨格でまっすぐ立つことができなくなり、からだの一部分に緊張が生じ、脱力ができなくなり、からだの連動が失われていく。本来の正しい姿勢ではなくなり、部分部分が分離した動きになってしまい、人間が本来もっている氣やエネルギーみたいなものが出てこなくなり、弱体化が進んでいってしまうのではないかと僕は感じる。

体育座りは、古来エジプトの「奴隷座り」が由来であるとも聞いたことがある。

また、僕が疑問に感じるのは、なぜ日本人はこんなにも腰痛持ちが多かったり、頭痛に悩まされている人が多いのだろうか？４０歳になったら四十肩、５０歳になったら五十肩になるのも常識のようになっている。

これらを「歳を取ったから」という理由で納得してしまっている人が多いけれど、アフリカ人で四十肩や五十肩などと言っている人を、僕は見たことがない。世界から見てみると、日本には腰痛を始めとする肉体の不調を抱えている人がすごく多いと僕は感じる。

しかし、昔の日本人はそうではなかった。江戸時代の日本人というのは、女性でも1個何十キロもある米俵を、5個も6個も担いで歩いていた。忍者は、今のオリンピアよりも早く走っていた。飛脚は、毎日100キロを走っていた。しかも少食でだ。

どうやら、現代と昔の日本人のからだは異なるものになってしまったようだ。

筋トレ

現代の日本では、筋トレブームが起きている。

街のいたる所に24時間オープンのジムがあり、溢れかえるほどのパーソナルトレーニングが存在している。ハリウッド映画のヒーローたちなんかも、ほとんどが筋肉隆々だ。まるで、国が国民に筋トレすることを強要しているような感覚すらも僕は覚える。


しかし、自然界に存在している動物で、筋トレをしている動物を僕は見たことがない。

例えば、**筋トレをして筋肉隆々なライオンなんて存在しないだろう。**もし存在していたとしたら、見た目は強そうだが、思うようには動けなくなり、獲物なんて取れずに死んでしまうはずだ。

ライオン以外にも、魚や蛇やワニやトカゲなど、あらゆる動物が筋トレなどしていない。

それでも、神様が創ったしなやかで躍動感のある美しい動き、そこから創り出された美しい体型をしている。

そんな視点で見てみると、僕は現代の筋トレブームに違和感を持ってしまう。

もちろん、筋肉というのはすごく重要な役割をしているのだけれど、本来は骨と骨の関節の動きをサポートしたり、繫ぎ止めてくれている筋なわけだ。骨がちゃんと使えて、関節を動かせて、正しい姿勢があって、その上で美しい筋肉というものがついてくる。

からだの連動をうまく使えていない人が、ある特定の部位の筋肉だけをつけていくというのは、すごく不自然な感じがしてしまう。現代の日本人の多くは、筋肉ばかりが先行して、氣や骨格という概念が抜けてしまっていると僕は思う。

現に、昔使われていた「からだ」という漢字も「體」から「体」になってしまっている。戦後の戦勝者による教育改革によって、現代の日本人は文字通り〝骨抜き〟にされてしまったのだろうと考えてしまう。

我々人間も、野生動物と同じように脊椎動物なわけだから、背骨を動かし、全身を連動させて、血液がからだ中に行き渡るような姿勢や動きであればいいと思う。筋肉偏重思考ではなく、すべてのパーツがどのように連動しながらからだが成り立っているのか？というふうに考えると、あらためて神様が創った我々のからだの神秘さと素晴らしさに感動する。

接骨院

海外と日本を比べてみたときに、いろいろな違いに氣づくのだけれど、その中の一つに「接骨院」の多さがある。

日本にはいたるところに接骨院がある。その数はコンビニよりも多いらしい。こんなにも接骨院が多い国というのは他に見たことがない。これだけ接骨院が多いのに、腰痛や頭痛などのからだの不調を抱えている人が溢れている。

そのからだの不調を解消するために接骨院に行くわけだが、接骨院に行ったあとは、一時的に調子がよくなるだろう。だが、ある程度時間が経てば、再びからだの調子が悪くなって、また接骨院のお世話になっている人が多いのではないだろうか。接骨院が本当にからだの不調を治す場所なのであれば、接骨院に通い続けるなんてことは起きないはずだ。

コンビニの数よりも接骨院が多いのにも関わらず、からだの不調を抱えている人がたくさんいて、接骨院に通い続けれなければいけない状況があるというのは、何とも不思議な現象だ。

そもそも、からだの不調というのは「からだの叫び」だ。「あなたのからだのここが悪い」ということを痛みとして教えてくれている。その叫びを無視して痛み止めを使ったり、電氣を流したりするのは、本質的な解決にはなっていないと僕は思う。

どうしてそこが痛いのか？その原因を改善して、からだが元氣になる生活習慣や姿勢を取り戻していけば、自ずとからだは元氣になっていく。そこを教えてくれる先生やパーソナルトレーナーは、数ある接骨院の中でどれくらい存在するのだろうか。

ほとんどの人が、接骨院に行けば先生がからだを治してくれると思っているだろう。しかし、あなたのからだを治せるのは先生ではなく、あなた自身しかいないのだ。先生というのは、あくまで治療のお手伝いをするアドバイザー的な存在であって、からだを治すのは自分自身だ。

ただ単に、医者に依存するのではなく、もっと自分のからだに感謝して、興味を持って、仕組みを勉強してみてはどうだろうか？

自分で自分自身を整えて、元氣に人生を楽しもうという意識を持たないと、接骨院に一生通い続けるあなたになってしまうだろう。

姿勢

「火事場の馬鹿力」という言葉がある。
この言葉は、切迫した状況に置かれたときに、普段では想像できないような力が出るということだ。

火事場の馬鹿力が起こる理由は、からだの本能が発揮されるからだと言われている。つまり、切迫した中で、教育で教わってきた不自然な動きを忘れて、人間本来の自然な動きをしたときに、火事場の馬鹿力が出るのではないだろうか。

日本人体型という言葉があるが、本当はそんなものは存在しないと僕は思っている。現代日本人の学校体育で教えこまれた動き方や姿勢が、その体型を作っていくのではないだろうか。

姿勢を良くすることで、人生は変わっていく。

勉強

勉強という言葉を聞くと、多くの人は机に向かって要点をノートにまとめたり、ひたすら暗記をしてテストで高い点数を取ることをイメージすると思う。

当然、僕も小さいころは周りと同じように席に座って、先生の授業を聞いてテストを受けていた。けれど、それは僕にとっては非常につまらないものだった。つまらないというより、できなかったと言う方が正しいかもしれない。

自分の興味が湧かなかったことは一切勉強する氣が起きなくて、とにかく成績の差が激しかった。英語は学んでいてすごく楽しかったから、模試でもトップクラスに点数を取れるのだけれど（ユニークな英語の先生のおかげ様で、一般的な英語の勉強法はしていなかったが・・・）、学校で教わる歴史は嘘っぽすぎてやる氣が起きず、いつも赤点だった。

けれど、学校では興味が湧かない科目を勉強しろと先生に言われるから、勉強が全然好きになれなかった。

しかし、自分で仕事を始めて、どうしたら人を喜ばせることができるのか？どうすれば人の役に立てるのか？ということを追求していくにつれて、「勉強」というものの定義が変化していった。

結論、僕は今、勉強することがとても楽しい。知識を増やしていくことにワクワクして探求が止まらない。

今の僕にとっての「勉強」というのは、「周りを喜ばせたい」という思いがベースになっている。どうやったらみんなが喜んでくれるのか？どうやったらみんなが感動してくれるのか？ということを考えていると、いろいろなことに興味が湧いてくるし、そのためにもっと知りたいという探求が止まらなくなってくる。

そして、自分が勉強したことで周りの人が笑顔になったり、喜んでくれたり、感動してくれたりすると、本当に勉強してよかったと思える。そうなると、さらに勉強したくなり、そのことで結果的に自分も成長できる。

勉強とは、自分のために学ぶものでもなければ、ましてや試験などのためにやるものでもない。

僕にとっての勉強とは、**学んだ知識や経験を、人が喜んだり、世の中が良くなっていくことに**

使うためにやることだ。

学べば学ぶほど自分が無知だということがわかり、人のためにもっともっと学ばなくてはと思う。自分が好きなことで、さらに人を喜ばせたり、感動してもらいたいと思うと、今の自分の未熟さではそれが全然できないということに氣づき、夢中になってそれを知りたいという氣持ちになり、探求が進んでいく。そうすると、徐々に人に喜ばれるようになり、結果的に人に必要とされる人間になっていき、経験値が上がってきて、それが自信になり、自分という人間が形成されていく。

学生時代の試験や受験、社会人になってからの資格取得のような、自分が好きでもないことを詰め込むことが勉強だと思っていると、しなければならないものだと感じてしまう。だから、勉強に苦手意識を持ってしまう人が多いのではないだろうか。

さらに、現代の学校教育では、得意科目で良い点数を取るよりも、苦手なことを頑張って平均点を取ることが求められる。

例えば、あるテストで英語が70点、数学が30点だったとしよう。このとき、きっと学校の先生は、数学の点数を伸ばすようにアドバイスするだろう。けれど、僕は英語が得意なのであれば、英語を100点にすればいいと考える。なぜなら、実社会に出て行くと、私はこれができます！という得意技がはっきりとしている人に価値が生まれるからだ。

英語と数学が両方70点の人よりも、英語が100点で、数学が0点の人の方が、むしろ社会では重宝されることが多い。平均的で得意技を持っていない人間ではなく、特別な何かを持っている人が求められる。だからこそ、得意なことをとことん磨いていった方がいいのだ。あと、平均点を取ることばかり目指していたら、自分が何者かわからなくなってくるのではないだろうか。

すべてまんべんなく自分の成績のために勉強をしてきた人は、自分で何のために勉強しているのかわからなくなってくるから、自分の好きがわからなくなり、とりあえず会社員にでもなるしかなくなったりする。そこでも課長になろうとか部長になろうとか、役職や地位を目指すようになってしまうから、勉強が楽しくなることはまずないだろう。

好きなことをもっともっと知りたいという氣持ちが、勉強したいという本来の氣持ちだ。

自分自身が感性を磨いたり学んでいったりすることは、自分のためにというよりも、誰かのためになったときに、すごく面白くなってくる。できる限り良い情報を人に与えていきたいと思ったときに、探求が始まっていく。

それを何年か突き詰めて夢中になってやっていくと、その事で飛び抜けた存在になってくる。その事で人のお役に立てるようになってくる。その事で人を感動まで持っていけるようになると、それが仕事というものになっていく。

たくさんの人から必要とされるようになってきたら、ますます楽しくなってくるし、いろいろな意味での豊かさというものがついてくる。

勉強というものは、しなければならないものではなく、一生やりたいことなんだ。

常識

「常識で考えなさい！」ということを、今まで先生や大人に言われたことは誰しもが少なからずあるだろう。学校に限らず、会社でも常識という言葉を振りかざしている人に出会ったことがあると思う。

では、【常識】とは一体何を指すのだろうか？誰が決めて、何のために作ったのだろうか？

世界中を飛び回り、さまざまな文化や環境に触れていると、日本にある常識と、世界の国々の常識がまったく違うなんてことがよくある。日本では当たり前のことが、世界では当たり前ではない。同じ場所であっても、時代によって常識はまったく異なってくる。

いろいろなものに触れることで、これまで常識だと思っていたものが壊されたとき、僕の中で世界観が広がっていく感覚と同時に、常識という概念は、一体どこの誰が、どういった目的で作ったのか？という疑問が湧いてきた。

「常識」という言葉は、人間が生きていく中で守るべき一つのルールみたいな認識がある。そのルールからはみ出る者には、「常識を守りなさい」という言葉を使い、多くの人が乗っているレールに戻そうとする。

これは、人を管理する側にとっては非常に便利な言葉だ。

なぜその常識があるのかを説明せずとも、「常識」という単語を出すことで、ほとんどの人が言うことを聞く。だから、「常識を考えろ」と言っている人も、常識のことについて考えたことなんてほとんどないだろう。しだいに、育ってきた環境の中で身についてしまった常識で、他人のことも評価してしまうようになる。

何者かが理想とする人間を作っていくためにフォースさせる魔法のような言葉が、「常識」なのではないだろうか。狭い世界や一つのコミュニティーに固執してしまっている人ほど、そこの常識に囚われてしまうことが多い。

アインシュタインの有名な言葉で「常識とは成人になるまでに集めた偏見のコレクションである」という言葉があるけれど、まったくもってその通りだと思う。

本当は、すべての人が違う個性を持った面白い存在なんだ。しかし、人はどうしても自分の周りにいる人の常識に影響を受けてしまう。生まれてから今にいたるまでに影響を受けてきた人たちの常識によって、あなたの概念が作られていく。それがあなたの常識になり、あなたの人生になっていく。

【あなたが常識だと思っているものがあなたの人生になる】

誰かが意図して作った狭い常識に縛られて、「自分という人間の設定」を決めてしまうのは実にもったいない。しだいに、本来の自分というものが消えてしまい、個性がなくなっていき、自分ではなくなっていってしまう。

普段あなたが触れている常識に縛られてきた自分が、そこに疑問を持ち、その設定みたいなものを壊していくことから、人生が変わり始めるのではないだろうか。

ときには日々のルーティーンから抜け出して、フラフラと一人旅をしてみたり、初対面の人がいる場所に行ったりしてみるといい。違う常識に触れることで、今持っている既成概念が広がれば、あなたの人生の面白さも広がっていくだろう。

頑張る

日本では、「頑張る」ことが美徳のような風潮がある。

しかし、本当に「頑張る」ことが美徳なのかと、僕は疑問に感じる。

多くの人が「仕事を頑張ります」「勉強を頑張ります」なんてセリフを日常的に使っているだろう。この言葉は日々当たり前に使いすぎて、そんなに違和感がないかもしれない。

では、「彼女と一緒にいることを頑張っています」という言葉はどうだろうか？何か違和感を感じないだろうか？「今日もデートを頑張ってきます」「彼氏と一緒にいることを頑張ってきます」。それ別れた方がいいんじゃないの？と僕は思ってしまう（笑）。

自分が本当になりたいものや好きなものに向かっている時間は、「頑張る」ではなく「夢中」という感覚なのではないだろうか。時が経つのも忘れて、目の前のやりたいことに没頭し、ふと氣づいたら朝を迎えているような感覚だ。

僕にとって「頑張る」という言葉は、嫌いなことをやっているときにしか使わない言葉だ。「頑張る」とは「我を張る」ということ。自分の魂の声を押し殺し、また自分を押し通していく。そんな窮屈な意味合いを、「頑張る」という言葉から感じてしまう。

だからこそ、僕は「頑張る」ことが美徳のような現代の風潮に違和感を持ってしまうのだ。

もし、今頑張ってしまっている人がいたら、一度「頑張る」という生き方をやめてみてはどうだろうか。「頑張る」のではなく、「夢中」になれる何かを見つける生き方を模索してみるといい。

僕は、この世界の全員にそれぞれ夢中になれる何かが存在すると思っている。

例えば、動物でもない植物でもない〝第3生物〟と言われる「きのこ」に魅了された人がいたとする。きのこをこよなく愛し、きのこを日々研究している。

土中の世界では、ネットワークを張り巡らせ、樹木との共生によって地球上の植物の生育に大きく貢献するきのこ。きのこは、地球上の物質循環に「分解者」としての極めて重要な役割を担っているばかりではなく、我々人間の健康維持にとっても「医食同源」の食材としてなくてはならない存在となっている。

そんなきのこを食す素晴らしさにたどり着き、それを突き詰めていく・・・。

世間の多くの人は、「変わり者」「きのこバカ」と言うかもしれない。しかし、自分が面白いと思っているのなら、周りの人たちの評価は関係ない。

自分の目で見たものや感じたものを信じて、追求し進んでいけば、そのことに共感して喜んでくれる人たちが現れてくるだろう。そうなると、自分がやっていることがますます楽しくなってきて、さらに追求したくなっていくのではないだろうか。

こんなきのこ博士のように、自分が夢中になれる何かが、誰しにも存在すると僕は思う。


そもそも、人間は本来、夢中になれるものをやるようにできている。

幼少期のピュアな人間のときは、好きなものや興味のあるものしかやらないし、夢中になってやりたいことで遊んでいたはずなんだ。それが小学校に入学し、国が定めた画一的な教育プログラムに触れるようになると、さまざまな規則やルールみたいなもので縛られていく。

そこから〝頑張り強い子〟になる訓練が始まる。

さらに、通知表や偏差値という指標が組み込まれて、〝評価される〟ことや〝競争〟という概念を植えつけられていく。自分が好きなことや興味のあることではなく、平均点を上げることを強要されるようになっていく。徐々に人からの評価を上げることや競争に勝つことが目的になって、いつの間にか好きか嫌いかという感情さえ見失ってしまう。

ついには自分も分からなくなり、自分さえも見失って、人の評価ばかり氣にして「人生全体を頑張ってしまう」人間ができあがっていく。


いつか壊れる日まで・・・。


他人からの評価やお金のために氣の進まないことをやっていると、必ず自分の〝氣〟というものが病んできてしまう。この状態を「病氣」という。

現代日本が「頑張る」ことを美徳とする風潮で歩んでいった結果、日本は世界一の精神病大国になってしまい、うつ病は今や国民病と言われるまでになってしまった。

自律神経失調症も多いと聞く。自律神経とは、読んで字のごとく「自分の律」。すなわち、自分のリズムや音。「神経」は、神の道ということだ。**自分のリズム（音）は神の道。**

自律神経が崩れてしまっているということは、神様（サムシンググレート）が創った本来の人間の道ではない道を歩んでいるのかもしれない。

自分の中にあるワクワクが湧き上がる感覚に耳を傾けていくことで、本来の自分の人生の道に繋がっていくと僕は思う。

もうそろそろ、日本人は「頑張る」ことをやめてもいいのではないだろうか。

歴史

学校の教科書に書いてある歴史というのは、一体誰が、どういう意図で中身を決めたのだろうか。

僕は、学校で教わる歴史をあまり面白いとは思えなかった。どうも点と点が繋がらなくて、辻褄が合わない。あまり意味を感じない年表を暗記させられたりするなど、僕にとってはどうでもいいことだった。それよりも、なぜその事件が起こったのか?というルーツや原因をたどっていったり、それらを現代に結びつけていったりするほうが面白い。

だいたい世界史と日本史を分けていること自体がおかしい。特に、ここ数百年の近代日本史というのは、世界の流れの中でその影響を受けた日本史という形で見ていかないと、点と点が線にならず、繋がらなくなってしまう。

序章でも書いたように、僕は事実というのは誰にもわからないと思っている。カップルの喧嘩事件のことだけでも真実は人の数だけあるのだから、歴史というよりスケールの大きい話になると、事実はなおさら誰にもわからないわけだ。

今僕たちの周りで起こっている出来事にも、必ずルーツがある。

例えば、家の近くで流れている川も、何十キロ、何百キロと離れたところで沸いた湧き水や雪解け氷などが小さな川となり、支流がいくつか合わさって大きな川になっている。上流で起こっていることは、必ず下流にも影響している。

つまり、家の近くにある川にも、ルーツが存在しているのと同じように、今起きている現象にも必ずルーツがある。

川の流れを見るように、僕は歴史をルーツから探るように見ていく。すると、現代の教科書に書いてある内容とは違う世界史や、その影響を受けた日本史が見えてくる。

残念ながら、現代の学校教育では、本当の歴史を教わらずに、かなり偏った（偽物の）歴史を教わってしまっているような氣がしてならない。日本人として誇りを持てなくなってしまうような歴史感を学んでしまう。戦前の学校教育では、何万年も続いた縄文時代や日本の神話、建国などの日本人の根幹を作るルーツみたいなものを教科書で記していたと聞いたことがある。しかし、戦勝国が改定した現代の学校教育では、そこの部分が消されてしまっている。世界中で、自国の神話や建国の歴史を知らないのは、日本人くらいなんだ。

自国のルーツを知らないと、自分のルーツが分からなくなるし、自分の存在がどこから来ているのかもわからなくなってしまう。ほとんどの人が、家の近くで流れている川のルーツに興味が湧かないように、自分自身まで脈々と流れるルーツを知らない。

それでは、自分に誇りを持つことなんてできなくなってしまうだろう。

今を生きるすべての人には、必ず今に繋がるルーツがある。

自分のルーツをわかっている人は、自分が単体で存在しているとは思わない。自分を産んでくれた母親、父親、祖父、祖母、さらにその先の繋がりをずーっとたどっていった祖先たちや、人生で出会ったたくさんの人たちのおかげで、今の自分が存在できていることを知っている。

そして、その出会ったすべての人たちにもルーツが存在している。たくさんの人たちのおかげで、今の自分が存在できている奇跡に感謝をするようになるだろう。

そうすると、自分と他人という分離した感覚ではなく、すべては自分、すべては一つという一体感、つまり自分の存在というのは孤立した個人ではなく、全体の中の一員であり、すべてが一体なのだという全我の感覚になっていく。

これは、まさに神様（サムシンググレート）が創り出した自然の摂理であり、宇宙の摂理なのではなかろうか。

これにより、あなたはより強く優しくなっていくし、そのような感覚の人が増えれば増えるほど、地域、国、そして地球が元氣になっていくのではないだろうか。

ぜひ、本当の歴史を探求してみてほしい。

サラリーマン

人間は、みんなすでに自由なんだ。僕の自由の定義は「自分の魂の声に従う」ということ。

電車に乗ると、スーツを着たサラリーマンをたくさん目にする。

僕はサラリーマンではないのだけれど、サラリーマンの中でも、その会社の理念や社長の考え方が本当に好きで、会社がやってることが本当に世の中のためになっていて、そこに共感し、自分がその一部として仕事をやることに誇りを感じて仕事をしているのなら、それはその人が持つ自由でやっているわけだから、すごく幸せな生き方だと思う。

ただ、残念ながら満員電車に乗っているサラリーマンで、このような形で目を輝かせながら楽しそうに働いている人に出会うことはほとんどない。

多くの人が「なんとなくやらなきゃいけない」「なんとなくお金を稼がないといけない」と思い込み、お金のために、たいしてやりたくもないことをやって生きているのではないだろうか。

そんなサラリーマンの多くが、就活を通して今の会社に入社したと思う。僕は、この就活という行為にすごく違和感を感じる（ちなみに僕は就活をしたことがない）。

例えば学生で言うと、就活前は好きな髪型をして、好きな髪色に染めて、好きな服装で学生生活を過ごしていたのに、就活になると、普段絶対に着ない真っ黒なリクルートスーツに身を包み、模範とされるような髪型と髪色に直し、面接用に自分を作り上げて、面接官に氣に入られようとする。会社に選ばれるためにだ。はたして、そこに誠はあるのか。

会社に選ばれるために作った偽りの言葉を喋ることから、本格的に偽物の自分作りが始まっていくのではないだろうか。

就活を経て内定をもらい、サラリーマンになると、目に見えない鎖のようなもので縛られていく。朝何時に起きなきゃいけない。朝何時に行かなきゃいけない。何時までにこれをやらなきゃいけない。会社に決められた人と働かなきゃいけない。「なきゃいけない」に自分の時間の大半を縛られ、与えられたものをこなしていく。

すると、学生のころに抱いていた熱い思いみたいなものも薄れていき、毎月決まった日にちに決まった給与が振り込まれる安心感と引き換えに、「我慢」を覚えていく。徐々に「我慢の対価がお金」という価値観になり、人生が我慢だらけになっていってしまう。
このような形になってしまうと、自分の人生とは言えなくなってしまうのではないだろうか。

多くのサラリーマンが「お金」や「キャリア」を目的に働いている氣がする。それでは、「面白いからやる」という人間が本来持っている感覚を見失ってしまうのではないだろうか。自分の魂の声に嘘をついている時間が多ければ多いほど、その人の人生は自分の人生ではなくなっていくと僕は思う。

そんな思考のまま歳を取ってしまい、退職してしまったら、残りの人生は何を楽しみに生きていくのだろうか。

自分で考えて、自分で人生をクリエイトしていくことこそが、本来の人間の生き方であり「自分を生きる」ということなのだと僕は思う。

腸

僕たちのからだは単体でできているのではなく、１００兆とも言われる微生物や菌たちの働きで創られている。その多くが腸に存在している。

そして、人間は脳でさまざまなことを考えるわけだが、脳以外にものを考える臓器が腸であると言われている。どうやら腸は意思を持っているようだ。

例えば、セロトニンというホルモンがある。綺麗な花を見たときに、綺麗だなと感動できるその感情というのは、セロトニンが分泌されることによって生まれると言われている。セロトニンは、脳から出ていると考える人が大多数であると思うが、実は、脳から出るセロトニンはごくわずかで、ほとんどが腸から出ているという説がある。

だから、腸というのは一番重要なからだの司令塔だと言っても過言ではない。腸の中の菌たちによって作られた栄養やホルモンが脳に送られているならば、その腸が弱くなるということは、自分の考え方やメンタル、健康状態も悪くなり、すべての不調の根源に繋がっていくということだ。

日本は元々「腹の文化」とも言われ、お腹への治療施術が盛んに行われていた国だ。切腹という風習も、まさに腹文化の最たるものだろう。

日本語の中にも、「腹が据わる」「腹黒い」「腹が立つ」「腹を割る」など、意識や精神、感情と腹を結びつけるような言葉がたくさん存在している。

日本は世界一の精神病大国になってしまっているわけだが、その大きな原因の1つが、腸の不調だと僕は思っている。腸のことを調べれば調べるほど、現代社会には腸を攻撃する食べ物がかなり溢れていて、腸内の微生物たちのバランスが取れなくなっている。

これも意図されたものなのかもしれないが、現実的に日本は自殺者が世界一で、うつ病が国民病になってしまっている現状がある。これは非常に残念なことだ。

もし、今なんとなく元氣がないと感じている人は、腸の微生物たちが元氣になるような食を取り入れてみたらいいかもしれない。

腹から元氣になっていこう。

事実

僕は青森県八戸市出身だ。幼少期は、漁港で有名な八戸の新鮮な海鮮を食べて育った。八戸で食べていた新鮮なウニというのは、すごく美味しかった。口に入れた瞬間から、甘みが口の中に広がって溶けていく。僕は八戸の新鮮なウニをずっと食べてきたから、ウニはすごく美味しい食べ物だと認識している。

しかし、東京に住んでいる人でウニが嫌いな人は多い。あんなに美味しいウニを嫌いなことが不思議だったから、いったいどんなウニを食べているのか興味が湧いた。すると、ほとんどの人が回転寿司のウニを食べていたんだ。僕も興味本位で回転寿司のウニを食べに行ってみたら、思わず「なんじゃこら〜！」と驚いてしまった。どこか保存料とか消毒っぽい味がして、僕が知っているウニの味ではなかった。

僕が知っている八戸のウニと回転寿司にあるウニが、まったく別物だったわけだ。これを最初に食べてしまったら、ウニはまずい食べ物として認識されてしまうだろう。

先にも述べたが、「事実」というのは起こった出来事だから一つしかない。しかし、真実は人の数だけ存在する。同じ事実があったとしても、人によって認識していることは違う。何が正しいとか何が正しくないとかではなくて、人の数だけ真実がある。自分がその物事をどう認識しているかが、その人にとっての事実になる。

「ウニ」1つとっても、人によって認識がまったく異なるわけで・・・こんなことが世の中にはたくさんある。誰かの発信している情報は、人それぞれの見解だから、それをそのまま鵜呑みにして知った氣になるのはすごくもったいない。

周囲やインターネットなどの評判も参考程度にはいいかもしれないが、それをすべて鵜呑みにすることなく、ぜひ自分で確かめて感じてほしい。

自分で見て感じたものが自分の情報になるし、自分だけの真実になる。

だからこそ、実際に本物に触れていき、あなたの物事の捉え方や考え方のセンスを磨いていくことで、あなたの人生がより面白く、より広がっていくのではないだろうか。

選択

選択は、いわゆる一般的な常識や現時点で自分ができそうなことの中から選ぶのではなく、自由に選べばいい。自分がワクワクする未来像を持っているのなら、そこに向かっていくために必要なものをチョイスしていけばいい。

できそうかできなさそうかではない。面白そうか面白くなさそうか。
僕はいつも「面白そうかどうか」で選択をしている。

一見、ただの偶然で起こったと思うような出来事も、実は自らの選択の延長線上に存在している。すべて、これまでの自分が積み重ねてきた小さな選択の連続で「今」がある。自分がなりたい自分を好きなように描き、ここから何を選んでいくかによって、どんな形にも創られていく。

そういう意味では、地球に存在するすべての人がクリエイターだし、**あなたが人生劇場という**

舞台の主役なんだ。

その選択の幅を広げるためにも、旅をしてみたり、素敵な本を読んでみたり、まったく違う生き方をしている人や世界観を広げてくれる人とたくさん会うといい。自分の中に選択できる感性や素材が少なければ、描ける未来の幅も限られてくる。冷蔵庫の中に材料が少なければ、作れる料理の幅が狭くなるのと同じで、あなたにも未来を創っていくための材料が必要だ。世界観や知識、センス、興味の幅を広げていくことで、新たな世界観が創れるようになっていく。

過去できたこと、できなかったことなんかには一切囚われず、自分の好きなように自由に未来を描いてみるといい。そこが変わると、今〝目にするもの〟や〝聞こえてくるもの〟が変わってくる。その延長線上に、自分のなりたい未来があるのだと僕は思う。

あなたは今、何にワクワクしていますか？小さなアクションを起こしてみてください。

悩み

小学校のとあるクラスで、いじめにあっている子がいたとする。

そのいじめは、いじめられている子にとってはすごく大きな問題だ。クラスという小宇宙が、その子にとっては自分が住む世界のすべてだと思ってしまうだろう。自分の何がいけないんだろうと悩んでしまったり、クラスの中で自分の立場を改善させるためにいじめっ子にすり寄ったり、本来の自分を隠してずっと大人しくしているかもしれない。とにかく今いるクラスという小さな枠の中で、問題を解決するために試行錯誤するだろう。

しかし、僕はそのいじめられっ子に出会ったら、「転校しちゃえばいいじゃん」とアドバイスすると思う。日本から飛び出てみたっていい。小さなクラスの中で問題を解決するのではなく、もっと視野を広げて、自分が自分らしく生きていける環境を探せばいいんだ。

今まで生きてきた環境に影響を受けて、今の自分（考え方や性格など）があるわけだから、まったく違う環境に行くことによって、生まれ変わったように違う自分になることなんていうのはいくらでもあるのだ。

これは、大人の僕たちにもまったく同じことが言える。

よく「仕事がつまらない」「仕事がストレス」と言う人がいるけれど、今やってる仕事が嫌だったら、他の仕事をしてみたらいいし、副業で何かやってみてもいい。日本の社会が窮屈に感じるのなら、世界に飛び出してみたっていい。

今あなたが抱えている問題だと思っていることは、視野を広げて考えたり、執着を手放してみたりすると、意外と問題でなかったりすることがほとんどだ。視点や思考を広げていくと、今悩んでいることは悩みではなくなるし、実はチャンスが周りにたくさんあることに氣づく。

今まで難しいと思われて、特別な人しか享受できないと思いこまされていた事柄も、本当はシンプルで、誰もが享受できることが多い。

実は世の中そんなものだらけだ。限界や枠は、自分が勝手に作ってしまっているだけなんだ。

僕も生きているからさまざまなことは起こるけれど、悩むことはほとんどない。

パナソニックの創業者であり、経営の神様と言われた松下幸之助さんの言葉で「世の中に困ったことや問題は存在しない。問題を問題と捉える人がいるだけだ」という言葉がある。まさにその通りだと思う。同じ出来事が起こったときに、それを課題として捉えて成長の糧にする人と、困ったと悩む人がいるだけだ。

人生という大枠で見てみると、困ったことが起きないことが困ったことなんだ。チャレンジや行動を何もしていない人は、困ったこと自体が起きない。

はたして、それは人生としては面白いのだろうか。

だからこそ、もし困るようなことが目の前で起こったとしたら、自分が成長していくための学びであり、課題だと捉えてみてほしい。「大変」という字は「大きく変わる」と書くように、今まで生きてきた枠を超えるタイミングであるのかもしれないと考えると楽しくなってくる。

超えられないものはあなたの前にはやってこない。

物事はすべてフラットだ。良いこと、悪いこと、ツイてること、ツイてないことなんてない。**目の前で起っていることをあなたがどう捉えて、どう受け止めて、どう解釈しているかだけだ。**物事を問題と捉えている人がいるだけで、問題自体は存在しない。

ゲームも3歳児用のイージーなゲームよりも、大人用のハードモードのゲームの方が面白い。

人生は最もエキサイティングなゲーム。思いっきり楽しんでいこうじゃありませんか。

環境

昔、政治家の秘書をやっていたころに氣づいたことがある。

それは、政治家の子供は政治家になる人が実に多いということだ。もちろん全員ではないけれど、その比率が大きい。他にも、総理大臣の子供は総理大臣になったり、柔道家の子供は柔道家になったり、ミュージシャンの子供はミュージシャンになったり、俳優の子供は俳優になったりしている。

生まれたときの最初の環境は親になるわけだが、その環境から受ける影響というのは、やはりものすごく大きい。人は、良くも悪くも自分が普段接している環境のようになってしまう。自分が普段目にしているもの触れているものが、自分の常識になっていくし、それが設定となり、人生になっていく。

大人になったら環境は自分で自由に選ぶことができるわけだから、一緒にいて元氣になる人や、楽しい人、こうなりたいと思える人がいる環境を選べばいいのだ。今までの余計な概念は取っ払って、素直な心の声に従って自分で環境を選んでいくといい。

環境は人に決められるものではなく、自分でチョイスしていくものだ。自分がなりたいと思う未来像が自分の中にあると、自分の選択するものが変わり、入ってくるもの聞こえてくるもの、すなわち出会いが変わってくる。それが、自分の中での新しい常識になっていく。

そこで新たな考え方や人間性というのが作られていく。

自分で影響を受けたい環境を選んで、自分が住む世界をワクワクに従って創っていく。

自分の人生は、自分の好きなようにクリエイトしていけるんだ。

情報

人間の脳みそというのは面白い。
賑やかなカフェなんかで、iphone のレコーダーで会話を録音すると、店で流れている音楽や周りの人たちの会話などをすべて拾ってしまう。その音声はすごく聞きづらい。しかし、対面で話していると、周りの会話や音楽はほとんど聞こえてこなくて、聞きたい相手の声だけを聞きとることができる。
人間の脳みそというのは、自分が見たいものを見るし、聞きたいものを聞けるようだ。

あなたが普段目にしている世界は、あなたが興味のあるもので作られている。さらに、今はさまざまな SNS の存在によって、10人いたら10人それぞれの流行りがあり、その人の興味のあるものがますますその人の世界になっている。面白い世界だ。

僕は、テレビやネットで言っている情報が本当の情報だとは思っていない。あなたは世の中で流れている情報は、一体誰が、どういう意図で流しているのか？ということを考えたことがあるだろうか。

テレビで言えば、スポンサーになっている企業や株主にとって都合の悪いことは当然言えないし、流せないだろう。しかし、残念ながら多くの人は、テレビで流されていることに影響を受けているし、正しいと思い込んでしまっている。

はたして、本当にそうなのだろうか？

本当の情報というのは、歴史の流れから現在に繋いで考えたり、お金や利権なんかの流れから考えたりして、今起こっている事象について自分で考えてみる。また、自分の好奇心に従って行動した先で、見たものや触れたもの、感じたものの中にあると僕は思っている。

僕は以前、パプアニューギニアのポートモレスビーというところに行ったことがある。

インターネットで検索してみると、世界で最も危険な街の一つで、「傭兵を雇った方がいい」とか物騒なことが書いてあった。他にも「昼間でも外に出られない」とか「タクシーの窓ガラスにはすべて弾痕による穴が空いている」とか「死体安置所には額に穴が空いた遺体で溢れている」と書いてある。

それを見て、僕はますますポートモレスビーに行きたくなった（笑）。そのとき、ちょうどポートモレスビーで大きな地震があり、危険な街がさらにカオスな状況になっているという情報が入ってきた。僕は余計に好奇心が湧いて、すぐに現地に飛んで行った。

そこから現地に入って街を歩いてみると、聞いていた情報とは違い、まったく危険な感じはなかった。確かにタクシーは窓ガラスが割れているものが多かったのだけれど、タクシーの運転手に「これって弾痕なの？」と聞いたら、笑いながら「これは飛び石だよ」と答えてくれた。

パプアニューギニアは40年くらい前までは石器時代みたいな国だから、道路もそんなに舗装が行き届いていないし、町から町の移動も、まだ道路がないためすべてセスナ（小型飛行機）なんだ。そんなわけで、飛び石で窓ガラスは割れてしまっていた。

他にも、インターネット上には「昼間でも外は歩くな」って書いてあったけれど、僕が体験したポートモレスビーはとても安全だし、みんな優しかった。

結局、僕は夜は近づくなと言われていたダウンタウンで、夜中にビリヤードをしながら現地の人と楽しんでいた。

インターネットで書かれている情報は、誰がどんな目的で書いたものかわからない。もし、人間嫌いで、性格が暗い、運の悪い人がポートモレスビーの情報を書くと、その人の経験から感じたことや偏見などが入ってしまうだろう。

その情報を鵜呑みにして怖がってしまい、ポートモレスビーは行かない方がいいと決めつけてしまったとしたら、それはすごく人生を損してしまっていることにならないだろうか。

僕にとってのポートモレスビーは、人々がすごく親切で、フルーツもとびきり美味しくて、オーストラリアにも近いからみんな英語も上手くて、かなり面白い国だ。海の波も最高だと聞くから、ぜひまたサーフィンをしに飛んでいきたいと思っている。

同じ情報でも感じ方は人によって違うし、それをただ単に鵜呑みにするというのはとてももったいないことだ。自分が実際に見て感じたものや、あなたがワクワクするような人が発信していることが、あなたにとって大事な情報になる。

そうすると、テレビなんかで言われているものとは、随分違うものがほとんどである。

アルバイト

僕は、アルバイトというのは最高な働き方の一つだなと思っている。自分が学びたいと思うことを働きながら学べて、なおかつお小遣いまでくれるというのは、何とも素晴らしいシステムだとつくづく感じる。

例えば、僕がよく行くお店で、豊富な種類のラム酒を置いているバーがある。お店には約５００種類以上のラム酒が置いてあり、中には一杯６万円もするような希少価値の高いラム酒まである。この前、そのお店のオーナーと話していたときに、アルバイトの話しになった。その時オーナーが「うちのバイト代はそんなに高くはないんだけど、ラムだけはしっかりと飲ませるんですよ」と言っていた。

ここで一つ考えてほしいのだけれど、もし将来バーをやろうと思っていて、ラムに興味があり、もっとラムのことを学びたいと思っている人がこのお店で働くことができたら、それは天国だとは思わないだろうか？

アルバイトを通して好きなラム酒に触れられ、ラム酒のエキスパートからいろいろなラム酒を教わることもできて、ラム酒好きのお客様とも会話ができ、さらにお金をもらいながら、普段は決して飲むことができないであろう一杯6万円の高級ラム酒もタダで飲めてしまうのだから！

もし、自分で500種類以上のラム酒を用意しようと思ったら、そのための知識も足りなければ、それだけのラム酒を買う予算もないだろうし、そして何より希少なものは手に入れることすら困難であろう。

しかし、アルバイトとして自分が好きな場所で働くことで、教材としての仕事道具を職場が用意してくれて、社会経験も積みながら、なおかつお小遣いまでくれるというのだから、つくづくアルバイトというのは最高な働き方だなと思ってしまう。

ラム酒に限らず、自分が本当に好きなものがあって、もっと好きなものを学んでいきたいと思うことがあるのであれば、ただ単に学校やビジネスツールみたいなものに高額なお金を払って通うなんてナンセンスだと僕は思う。**自分が学びたいと思う事や学びたいと思う人のお店でアルバイトを通して学ぶということをすればいいんだ。**

それはファッションでも料理でも、自分が興味のあることであれば何でもいい。さほどやりたくもないことを、ただ単に「時給が高い」とか「家から近い」という物差しで選んでしまう人も多いと思うが、それでは自分の時間がもったいないし、つまらないだろう。

アルバイトというものを、自分の興味や経験の幅を深掘りしたり、広げるためにうまく活用していったほうが、よっぽど自分のためになる。

アルバイト・・・素敵な学校の一つだと思う。

英語

僕は仕事の1つとして、「最強地球人塾」というものをやっている。英語を学ぶための学校だ。

英語を学ぶ学校は世界中に無数にあるが、僕の塾は他の学校に比べてコンセプトが少し違う。「話せる英語を身につけてもらう」だけでなく、**戦後日本の画一的な教育によりクローズになってしまったマインドをオープンにして、自分を思い出してもらいたい**というのが目的だ。

なぜ日本ではなく海外で学校をやっているのかというと、それは僕自身の過去が少し関係している。

今の僕を創り上げているいくつかの要因の中でも、高校時代にオーストラリアに短期留学した経験がかなり大きい。周りにいる大人たちや学校の先生、親が生き方のロールモデルであり、日本しか知らなかった僕が、まったく違う文化やライフスタイル、考え方に触れていった。それらを肌で体感したときに、僕の枠が大きく広がった。人生の新たな選択肢が広がっていった。このときの感覚は、今でも鮮明に覚えている。

この留学が、僕の人生の大きな転機になっているから、一人でも同じような経験をしてほしくて、海外で学校をやることにした。

このときの経験は、世界中を旅するきっかけにもなっている。旅をする中で、日本の良いところもたくさん見えるようになるし、逆に「もっとこうしたほうがいいな」という点も見えてくる。

僕の塾があるフィリピンは、日本からはわずか4時間ちょっと・・・。だけど、日本とはまったく異なる国民性やセンスを持っている面白い国だ。

フィリピンは約400年近くスペインの植民地で、そのあとはアメリカが約100年間植民地にしていた。第二次世界大戦中は日本も2~3年くらい統治していた。他にも中国の影響を受けていたりする。だから、兄弟でも顔が全然違ったり、さまざまな宗教や文化が入り混じっていて、人がそれぞれ違うユニークネスを持っていることにすごく寛容だ。

ラテン系ということもあり、性格はすごく明るく、未来の不安というよりは、今という瞬間を全開で楽しむ人たち。こういう部分は、今の日本人たちに学んでもらいたいと思う部分の一つなのだ。

戦後の画一的教育により、自分のユニークさを全面に出していくというよりは、周りと合わせてあまり目立たないように生きていくというような風潮になっている今の日本人。

しかし、価値観というものは時代によって変わっていく。

かつてはいわゆる一般常識に沿って、はみ出さないように生きていくということが美徳だったかもしれないが、これからの時代は、それでは本当の意味で豊かに面白く人生を生きることは困難になってくるように感じる。SNSなどのツールにより、あなたの面白さが世界の裏側まで届く時代になった。価値とは、希少なものについてくるのだ。

いわゆる普通に生きるのではなく、あなたの好きな事を追求し、その事で思いっきりとんがっていく。それを面白いと思って反応する人たちが地球のどこかにいるのだ。

しかし、いくら英語ができても会話が面白くなければ、当然英語での会話（コミュニケーション）もできるはずもない。面白いあなたが話す会話だから面白いし、そのあなたが話す英語の会話だから、あなたの英会話が盛り上がってくるのだ。

かつて、イギリスが世界中を植民地にしていた歴史、いわゆる負の歴史のおかげで、英語を世界中の人たちが話すようになったわけだが、そのおかげで（笑笑）英語は、世界中の人たちと会話ができるという便利な道具になった。

アプリなんかのトランスレーターもあるが、やはり自分の言葉で世界中の人たちとコミュニケーションができるようになると、エネルギーで伝わるものもあるし、さまざまなことも学べるし、また彼らも我々から学ぶことができる。

どんどん面白くなっていく地球。

このタイミングで、あらためて身につけてもらいたいツールの一つが英語なんだ。

旅

せっかく地球に生まれて人間やらせてもらっているんだ。日本という狭い範囲だけで人生を終えるなんてもったいない。いろいろなものに触れてみたい。全世界を回ってみたい。

僕の夢の1つとして、とりあえず〝世界全カ国を周る〟というのがある。

それは、旅をしていること自体が好きだというのもあるけれど、旅をしている理由の一つとして、旅を通して得られるさまざまな出会いや経験、氣づきを多くの人にシェアして、何かを感じてほしいという目的がある。他にも、たくさんの人にメッセージを与える方法はあると思うが、僕は大好きな旅によって、それを表現しようと思っている。

では、僕にとって「旅をする」とはどういうことなのか。旅行という言葉があるけれど、僕の中で「旅」と「旅行」の定義はまったく異なる。

僕の中での「旅」と「旅行」の定義の違いとは、「旅」は「自分の魂の声に従って動く」もので、「旅行」は「誰かが決めた、誰かがプランニングしているもの」という感じだ。「旅行」は、誰かに決められているものだから、何かがあれば人のせいにして逃げることができる。

「旅」は自分で決めて、自分で動くから、すべて自分に責任がある。そこが面白い。

例えば、台湾旅行パック2泊3日みたいなのがあったとしたら、それは僕にとっては「旅」ではなく「旅行」だ。昔、一度だけツアーで台湾に行ったことがある。理由は、自分が行きたい場所がツアーの中にあって、しかもやたらと安かったから。

しかし結論、やはりツアー旅行は僕には合わなかった。朝何時に起きて、どこに行かなきゃいけないみたいなのをすべて決められていた。だが僕は、いつも通りに自由に氣の向くままに行動していた。そうしたら、旅行会社の人から電話がかかってきて「どうしたんですか？」と聞かれたから、「今日は僕はそこへは行かないです」と言ったら「和を乱さないでください！！！」って小学校ぶりくらいに怒られた。

そこから二度とツアーでは行かないぞって思ったよね（笑）。

逆に、旅は自分のワクワクに従ってすべて自己責任で動いていく。予測不能なハプニングが日常の何倍もの確率と大きさで起こる。それにどう対処してどう楽しむか。何のハプニングもないことをもちろん願うが、そんなことは決してあるわけがない。予想外の出会いと、予想外のハプニングの繰り返し。

それをどう超えていくかという最高にエキサイティングなゲームが僕にとっての旅なんだ。

ゲームを楽しみながらクリアしていくうちに、想定外のことが起きたときの対処能力が鍛えられる。

以前、セブ島から朝イチの便で帰国し、そのまま日本で講演するというスケジュールのときがあった。飛行機には絶対に乗り遅れられない。そんなとき、ビザの問題が僕の前に立ちはだかった。観光ビザで滞在できるのがMAX３０日だったのだけれど、３１日滞在してしまっていた。

そこで初めて、１日延長するといくら払わなければいけないというルールがあると知らされた。ところが、そのとき現金はすべてセブ島で使い切ってしまっていたんだ。罰金の支払いにはクレジットカードも使えない。財布を確認したけれど中身は空っぽだ。一所懸命、状況を説明したのだけれど「出国するにはお金を払わないとダメだよ」の一点張り。どうにもこうにもならない。もう飛行機に乗るギリギリでそれを言われたからかなり焦った。日本の講演会では何百人と待ってくれているわけだから、行かないわけにはいかない。でも飛行機には乗れないと言われる。もう大ピンチだ。そのときipadを持っていたから、それを担保にして周りにいた人に「お金を貸して欲しい」とお願いしたけれど、誰も貸してくれなかった。

本当に無理かもしれないと思ったそのとき、知り合いだったフィリピンエアラインのお偉いさんが、チェックインした僕の名前を見つけたらしい。それで、空港で「Takeshi Fukui」というアナウンスが流れた。そして、フィリピンエアラインズのラウンジに呼ばれて、その人に状況を説明したらお金を貸してくれたんだ！まさに奇跡。それで何とか無事に日本に帰って、講演会に間に合うことができた。

本当に涙が出るくらいに感動した（笑）。

こんな予想もできないハプニングが、旅をしているとたくさん起こる。一人旅の中ではハプニングから逃げることができないし、人のせいにして逃げることもできない。なんとかやるしかない状況に追い込まれるから、落ち込むという選択肢はなくなくなるのだ。


だから、僕は旅をすることをオススメしている。「やるしかない」ってなったときには、からだからものすごい力が出てくる。そうすると、不思議と今まで見えてなかったものが見えてきたり、出会いがあったり、奇跡が起こるんだ。

人生も冒険であり旅だから、人生を生きていく上で大切な力を鍛えることができる。

旅をしていくことによって、本当にいろいろなことに氣づいていく。まさに魂のアウェイキングが起こる感覚。

特に、いろいろな世界や人を見れば見るほど、自分が無知であることに氣づかされるし、自分が小さい存在だなと感じる。自分全開で生きている人なんかと出会うと、自分の中に疑問が生まれてくる。「あれ？俺は自分を生きているのか？自分を全開でやっているのだろうか？」みたいな感覚だ。

自分をおもいっきり生きている人を見ると、これまでの自分の小さな世界観や常識が壊されて、「より自分を生きる」ということを深く考えるようになる。同時に、自分には伸びしろしかないぞということにも氣づける。偉そうなことを言っている人ほど、以外と小さな世界しか見ていないのではないかと僕は思う。

旅をすると、いつも原点初心に戻されて、挑戦者マインドになれる。それが、僕が旅を好きな理由の1つでもある。

「始めるのに遅過ぎることはない」という人がいるけれど、すべてがそうだとは思わない。旅をしていると、このタイミング、この瞬間を逃していたらすべてが変わっていたという場面にいくつも出くわす。

人生においても、時間や若さ、健康、命などはいつまでもあるわけではない。本当にやりたいことや、やるべきことは「今」やったほうがいいということを、旅の中で氣づかせてもらえる。「始めるのに遅すぎる」ことはたくさんあるんだ。

まさに旅は人生の縮図。人生も何が起こるかわからない。むしろ人生こそが最もエキサイティングな旅だ。

兎にも角にも旅に出てみよう！誰かにプランニングされた旅行ではなく、旅だ！世界の広さを感じて、己の無知さに氣づこう！

自由

「自由になりたい」と思っている人は多い。けれど、「あなたにとっての自由とは何ですか？」と質問すると、ちゃんと答えられる人は少ない。自分にとっての自由とはなんぞやという定義がわからないのに、どうやって自由になれるのかなと僕は思ってしまう。

僕にとっての自由の定義というのは、【自らを由する】つまり、「自分に従う」ということだ。自分の魂の声に従って生きていくことが、僕にとっての自由を指す。

僕はよく、自由というものをわかりやすく伝えるために、コピーロボットの話をする。

昔、とある漫画でコピーロボットというものが描かれていた。コピーロボットの鼻を押すと、自分そっくりの人間が現れて、おでこをつけると記憶が全部シェアできるという便利な道具なのだ。

では、こんなに便利なコピーロボットをあなたが手に入れたと仮定しよう。

もし、あなたが月曜日に会社に行くとき、自分自身が行くか、コピーロボットに行かせるか、どちらかを選択できるとしたら、どちらを選ぶだろうか？　友達と飲みに行くときはどうだろうか？　旅行に行くときはどうだろうか？

もしコピーロボットが出動する時間が多かったとしたら、それは自分ではなくてもいい人生を送っているということにならないだろうか。

僕自身が自分の人生をすごく幸せだなと思うのは、コピーロボットがいらない人生を送っているということなんだ。すべての瞬間は、すべて自分がしたいことしかしていない。寝なきゃいけないから寝るのではなくて、寝たいときにしか寝ていない。仕事もやりたいからやっているのであって、やらなきゃいけないからやっている時間は一瞬たりともない。会いたいと思う人にしか会っていない。

最近「リモートワークだからどこにいても働けるんですよ。だから僕も自由なんです！」と言っていた人がいるのだけれど、それは僕の定義の中では自由ではない。

僕がいつかやりたい旅の中に、アラスカからロシアまで犬ぞりで旅をするというものがある。

そこにはインターネットは通っていないからリモートワークでは働けない（笑）。

他にも、いわゆる一般的に成功していると言われるような経営者の方とサーフィンをする機会もたまにあるのだけれど、常に電話を氣にしていたり、お客さんからのクレームや従業員との人間関係などで、脳みその何十パーセントかの容量を奪い取られている人もいる。そんな状態では、100％サーフィンというものに集中して楽しむことはできない。

それも、僕にとっては自由ではない。サーフィンをやるのであれば、100％その景色を楽しんだり、夢中になってサーフィンをやりたい。

多くの人が自由という言葉を聞くと、たくさんのお金やあり余る時間を思い浮かべる。

しかし、一番大切なのは思考の自由だ。「お金がこれだけあったら自由」とか「時間がこれだけあったら自由」などの物質的なものだけではなく、自分が囚われているものやしがらみがない状態というのも自由を指している。

例えば、刑務所にはわかりやすく制限がある。檻があったり、処罰があったり、日々厳しいスケジュールでコントロールされたりしている。しかし、刑務所に入っていなくても、さまざまな「しなければいけない」という目に見えない鎖のような何かに繋がれて、思考を制限された中で生きている人というのは、檻のない刑務所に入っているようなものなのではないだろうか。

しかし、本当にしなければならないものなんてあるのだろうか。
僕は、そんなものは存在しないと思っている。
しなければいけないことなんて本当は何もない。

しなければいけないと自分が思い込んでいるものを手放したときに自由になれるし、自分が本当にしたいことは何なのか？ということを考えて、そちら側へシフトしていくことが、自由な生き方へ繋がる最初の一歩になる。

すでに自分が自由であることに氣づこう。
そして、自分なりの自由の定義を持って生きていこう。
すべては、あなたが選択していることなのだ。

葉巻

僕は、コンビニなんかで売っている一般のタバコは昔から一切やらない。なんとなく不自然な感じがするし、煙の匂いも好きではないからだ。

昔は葉巻も同じようなものだと思っていたから、まったく興味がなかったのだけれど、映画の中のかっこいい登場人物や、素敵だなと思うシーンでたびたび葉巻が登場するのを見ているうちに、少しづつ葉巻に対する好奇心が湧いていった。

僕と葉巻の最初の出会いは、キューバを旅しているときだった。まるで映画のワンシーンに入り込んでしまったかのような素晴らしい景色の中で、キューバのかっこいいおばあちゃんたちが楽しそうに葉巻を吸っているのを見て、自分の好奇心が止められなくなってしまった。

さっそく、葉巻工場へ行って工場を見学したあと、そこの売店で葉巻をGETした。その日の夜、GETした葉巻を持ってレストランに行ってみた。海からの夜風を感じられるレストランで、生のサルサ音楽と美味しいモヒートを楽しみながら葉巻をやったのが、僕の葉巻ライフの始まりだ。

そのときの葉巻は、今でも忘れられない一本となっている。

葉巻は、いつも素晴らしい出会いを繋げてくれる。特に日本では、相当ユニークな人しかやらないからなのか、なぜかいつも素敵な出会いに繋がっていく。

葉巻は、僕の仕事の一つでもある。僕が興味を持って探っているうちに、奇跡のような出会いを手繰り寄せ、フィリピンで150年以上の歴史がある葉巻会社の社長と繋がり、日本で輸入販売をする権利を持たせてもらうことになった。人生は面白いものだよね。

僕が輸入するプレミアムシガー（タバカレラ1881というブランド）は、アメリカルイジアナ州の葉、キューバの種をフィリピンで育てた葉、ジャワ島の葉をそれぞれ熟成発酵させ、それらを使って1本の葉巻ができあがる。葉っぱの発酵に数年を費やし、葉巻が完成した後も、数種類の違う葉っぱの味がしっかりと混ざりあってマイルドな味になるように、さらに一年以上、熟成発酵を重ねる。たっぷりの時間をかけて少しづつ、丁寧に作られる。

このプレミアムシガーはゆっくりと燃えてくれる。1分に1吸いか2吸いしながら、1時間から2時間くらいかけてやるものだ。ときには、氣づいたら4時間経っていたなんてときもある。1人でゆっくりやるのも好きなのだけれど、仲間と一緒に良い音楽、良い空間、良いお酒とともにやるのがたまらなく好きなんだ。

葉巻を楽しんでいる時間は、人生をゆっくりと、丁寧に味わって生きている氣分になれる。

今はツールが発達し、便利な時代になった。その側面、スマホには常に情報が流れてきて、いつも何かしらにせかされているような感覚を持っている人も少なくないだろう。今の日本人を見ていると、なんとなく心が疲弊しているような人たちが多いのを感じる。何かわからないものに囚われて、せかされる感覚で生きていくのは、あまりに窮屈な人生なのではないだろうか。

そんな人たちには、葉巻との時間をオススメしたい。

葉巻を燻らす時間は、時空の流れがいつもと変わる。瞬間瞬間をゆっくりと丁寧に堪能できる贅沢なひととき。限りある命を丁寧に味わっている感じ。そんな時間や空間を演出してくれるアイテムが、僕にとっては葉巻なんだ。

もともとはインディアンたちが神様と繋がるために葉巻をやっていたと聞いたことがある。すごく、わかる氣がする。あなたを高い次元に誘ってくれるはずだ。

機会があれば、ぜひ一緒に楽しみましょう。

狼

最近、狼を復活させようというプロジェクトにすごい興味が沸いている。狼を調べていくと、面白いことがたくさんあると知ったからだ。

狼は、鹿を主食の一つとして食べている。鹿の世界も面白いのだけれど、鹿の世界は超一夫多妻制なんだ。仮に、オスの鹿が10頭、メスの鹿が10頭で合コンをしたとする。この中でカップルは何組誕生するだろうか？一夫一妻制の常識の中で育った日本人は、10組のカップルが誕生すると思う人もいるだろう。しかし、自然界はそう創られてはいない。メスの鹿たちは、一番強くて魅力的なオスの子供を産みたいということで、一頭の強いオスの鹿に、群れのすべてのメスが集まってしまうのだ。メスたちは一番強いオスの子供を産んで、より強い優秀な子孫を残していくというように、鹿の世界（自然界）は成り立っている。

ここで狼の話に戻るのだが、狼はメスに交わらせてもらえないオスを食べるらしい。なぜそうなるかはわからないとのことだ。

この話を聞いたときに、神様ってすごいなと思ってしまった。

鹿は今、森林を枯らしてしまう原因の一つになっていることから、害獣という扱いになり、人間のハンターたちに間引き駆除されてしまっている。しかし、人間はどんな鹿かもわからずに殺してしまう。メスでも撃ってしまうし、ときには神様が宿ったような一番強いオスの鹿も撃ってしまうわけだ。

それでは、神様（自然）の形態が壊れていってしまう。

だからこそ、狼の特別な力が必要となってくる。自然界を維持するために適正な鹿の数を、狼が保ってくれる。狼は現代人間と違って、必要以上のものを欲しがることはしない。自然が元の自然を取り戻すには、自然の力で取り戻すしかないのだ。

狼は、昔話や西洋から伝わってきた童話なんかで、いつも悪者扱いされているが、はたして本当にそうなのだろうか？僕は、ここまで悪者扱いされるということは、逆に狼にはすごい大きな役割があり、本当は自然界のヒーローのような存在なのではないかと思ってしまう。

現に、アメリカのイエローストーンでは、狼を保護し増やすことで、自然が元の状態を取り戻しつつあると聞いた。自然も人間も、単体で成り立っているわけではなくて、土の中の微生物まで含めた命の連鎖、紡ぎ合いで成り立っている。

狼というのは、ある意味その頂点に立つ存在で、本当は山の「大神」なんだ。

山の食物連鎖が崩れていってしまうと、川の流れや栄養も変わってくるし、海の生態系も壊れていく。それが巡り巡って、我々人間を壊していくことに繋がっていく。

日本での狼の復活。とても楽しみである。

そこに、僕も尽力したいと思っている。

通学路

僕には決まった通学路は存在しなかった。

通学路というのは、学校が定めた理想の道なわけだ。僕の小学校は、家から学校まで歩いて約20分くらいのところにあった。小学生には少し遠いかなという感じだ。いわゆる通学路と言われる道は存在していたのだが、普通にその道を毎日使っていても面白くない。だから、毎日道を変えて登校していた。

行きは時間がないから、最短のいわゆる通学路を使っていることが多かったけれど、帰りは3時間かけて帰ったりすることもあった。今日はこっちの道、今日はあっちの道と、その日の氣分しだいで帰り道を決めていた。

途中で防空壕のようなところを見つけて、そこを基地にして遊んだり、蜘蛛の巣を観察したり、途中の公園で遊んだりと、ワクワクの赴くままに歩いていった。「こんなところにこんなものがあるんだ〜」と、毎日違った氣づきがあって面白かった。季節によって違う楽しみも味わって遊んでいた。

その感覚が今でも続いている。

僕は、渋滞にはまるのがあまり好きではない。メインストリートが混んでいたら、すぐ脇道を行って、新たなルートを探している。みんな素直に渋滞にハマっているけれど、脇道を探す思考にならないのかなと不思議に思う。

ときには行き止まりに当たったり、逆方向に行ってしまうこともあるのだけれど、なんとか目的地にたどり着く。どこかしらには繋がっているんだ。途中で意外な発見があることもしばしばある。

だから、物事の見方も、いろいろな視点から見る癖がついてしまっているのかもしれない。

たまには、いつもとは違う道を使ってみてほしい。新たな発見があるかもしれませんよ。

読書

僕は読書が大好きだ。

いろいろな予定がありながらも、ときには1日に3冊とか4冊ほど読み進めてしまう。旅をするときには、必ず何冊か本を持っていくようにしている。旅の途中に読んだ本を見ると、旅したときの光景が頭に浮かんだりして、思い出にタイムスリップすることもできる。

僕がなぜ読書が好きかというと、そこに描かれている世界を、頭の中で自由に、制作予算なんてなしで、自分勝手に創作できるからだ。その世界というのは、間違いなく自分にしか描けない唯一無二のものになっていく。

例えば、小説なんかでは登場人物は好き放題に想像できるし、ロケーションも想像し放題だ。何の制限もなく、自分が描きたいものを描ける自由な世界。読書を通して、自分にしか出会えない世界を創りあげられることがとても楽しい。

僕にとって、読書は最高級のエンターテイメントなんだ。

だからこそ、小説が実写化されたりすると、ちょっとがっかりしてしまう。「え～この女優でこのロケーション？・？」みたいな感じで・・・。自分が想像していたものとは当然ギャップがある。僕の頭の中の世界は、予算無限大の妥協が一切ない世界なわけだから、一氣にスケールダウンして陳腐な感じがしてしまう。

だから、より想像度の高い本が一番好きで、次に漫画、次にアニメが好き。最後に実写版という感じかな。

睡眠

僕にとっての睡眠は、寝なくてはならないときに寝るのではなく、赤ちゃんのように寝たいときに寝るというものだ。

世の中では、睡眠に対していくつかの通説みたいなものがある。その中の一つに「シンデレラタイムに寝るべき」という説がある。シンデレラタイムとは「22時〜深夜2時」の時間帯を指す。この時間に寝ることで、健康や美容の状態が良くなると言われている。

しかし、僕は頻繁に世界を旅しているから、時差の関係でシンデレラタイムの時間が国ごとに変化してしまう。むしろ、日本のシンデレラタイムとは真逆の時間で活動していることもよくある。僕のライフスタイル的に、日本時間に合わせた睡眠を取ることはできないから、シンデレラタイムに寝ることはそもそも諦めた。

そんな生活を送っているからこそ思うのだが、はたして「寝たほうがいい時間」というのは本当に存在するのだろうか。それとも、誰かによって「寝たほうがいい時間」というのが作られているのではないだろうかと疑問を感じてしまう。

赤ちゃんなんかを観察していると、決まった時間に規則正しく寝ている赤ちゃんなんて存在しない。人間の中では赤ちゃんが最も自然に近い存在なのだが、赤ちゃんたちは寝たいときに寝て、起きたいときに起きているわけだ。シンデラタイムを守っている赤ちゃんなんて一人もいない。

僕は「眠いな」と思ったときに寝ることが、からだにとっては一番良いのではないかと思っている。無意識に眠りに落ちて、そのときの氣候や体調なんかに合わせてからだが求めているだけ寝るという感覚だ。起きたときは充電完了という感じがしてすごく氣持ちがいい。

そんな睡眠の取り方が僕にはしっくりくるし、最高に幸せな時間なんだ。

仲間

自分が何かに向かって進んでいると、不思議な出会いがたくさんある。

自分の足りないものを補ってくれる人が現れたり、逆に自分が誰かの力になったりする。自分の音を出し続けていったときに、その音に共鳴して集まってくる人たちがいる。

それが僕にとっての仲間だ。

仲間との出会いは、まるで映画に新しい登場人物が増えていくように感じる。


自分は、自分単体で存在しているわけではなく、さまざまな繋がりやルーツがあって今がある。人にもそれぞれのルーツがある。ときに、ふとそんなことを考えると、一人一人との出会いという素晴らしい奇跡に感動する。

あらためて、すべての繋がりやルーツに感謝するようになるし、また自分が自分の子孫や未来の人たちにとって面白い存在やルーツになれるように、自分磨きを楽しんでいく。なりたい自分に向かっていく中で、そこに共鳴した仲間との出会いが、人生をよりエキサイティングに、面白く、楽しくしてくれる。

まだまだ続く映画のような僕の人生劇場。
これから現れる未来の登場人物との新たな出会いも、非常に楽しみだ。

夢

夢を持つことはタダでできる。

単純バカな僕は、「思うだけタダだしたくさん夢を持っちゃお〜」みたいな感じで考えている。

しかし、不思議なことに、ほとんどの人は夢を持つことすらしない。「どうせ無理」と決めつけてしまう。年齢を重ねれば重ねるほど、過去にできたこと、できなかったことに囚われてしまい、自分の能力というものを決めてしまっている。

また、夢が単なるファッションになっている人も多い氣がする。「あれがやりたいです」「これがやりたいです」と言っているけれど、そこに向かって行動しない人たち。本当にやりたいと思っている人は、そこに向かって今できることから始めている。

本来、人は誰でも夢を叶える力を持っている。

だから、夢を持つことすら諦めている人は〝夢が叶わない〟という夢が叶っているということだ。

そして、夢はただ単にファッションのように持つのではなく、無限に好きなように描き、それを叶えるべく作品のように創りあげていくものだ。そこに向かっていく過程でいろいろな出会いや奇跡、ひらめきなんかがどんどん加わって、実現に向かっていく。

夢を実現させようと思ってチャレンジする過程で、今まで自分が生きてきた世界では出会えなかった人たちとの出会いがあったりとか、さまざまな出来事が起きてくる。それらをクリアしていくことによって、自分自身の成長がある。

その成長こそが、夢を持つことの本当の目的なのではないかと思ってしまう。

夢はある意味、自分が成長するためのツールみたいなもの。

今、夢を持っていない人は、まずは自分が好きなものを見つけることから始めてみたらいい。「なんかこれ綺麗だな」「なんかこの人って素敵だな」というような、なぜかわからないけどいいと思ってしまったという感性を大切にするといい。

それは、自分が生まれてきた使命や目的に触れている可能性があるからだ。そういうものに出会えたら、あなたはラッキーだ。

自分がどうしても欲しいものがあるのなら、高いとか安いとかは関係なく、手に入れる方法を考える。その道中で、不思議な出会いや奇跡や氣づきがある。

夢を持つことで、自分の人生が動き始める。

失敗

「こうなりたい！」という欲求を持つ人は多いけれど、実際にそうなるために行動したり、探求する人はほとんどいない。思いは持ちながらも、なんとなくこれまでと同じルーティーンから抜け出そうとしない。年齢を重ねると、評論家、いわゆるドリームキラーになって他人の挑戦を批判したり、足を引っ張る側になってしまう人もいる。

だが、挑戦しない限りは何も起きない。だからこそ、ここで話しておきたいのが、僕の「失敗」の定義だ。

現代の学校教育や会社での教育の中では、「失敗は悪いこと」みたいな考え方がある。失敗すると上司や先生に怒られ、評価が下がり、出世や内申書に影響してくる。だから、どうしても失敗を避けながら仕事をするようになってしまう。

失敗することのリスクを計算しすぎて、思い切ったことができない人が多いと感じる。

しかし、**僕は人生に失敗があるとするならば、挑戦してうまくいかなかったことではなくて、**

挑戦しなかったことだと思っている。失敗することが失敗なのではなく、失敗という経験をしなかったことが〝人生における最大の失敗〟なんだ。

挑戦するというのは、未知の世界に飛び込むようなものだから、何が起こるかわからないし、怖い。自分が予測できないことに臆病になってしまう氣持ちはよくわかる。しかし、実は挑戦することで得られる本当の成果とは、結果ではなくて、目的を達成する過程の中で得られる経験や氣づき、出会いなんだ。

漫画や映画なんかでも、主人公をかっこいいと思い魅了されるのは、ピンチや困難から立ち上がり、それらを乗り越えてどんどんかっこよくなっていくシーンなのではないだろうか。ピンチのときに友達のせいにしたり、言い訳をして逃げたりしたらダサすぎる。失敗して、そこから学び、這いあがり、成長していくシーンに人は感動する。

人生というドラマの主人公はあなたなのだから、うまくいかなかったという経験をしないことが、人生という大枠で見ると失敗なんだと僕は思う。

ピンチがきたら「よしっ！」と思う。どうやったらカッコよく乗り越えられるかを考える。乗り越えられない壁は決してやってこない。一つ一つ乗り越えていくことで、本当の強さや優しさ、人間的な深みが出てきて、人の痛みがわかる大きな人間になれるのではないだろうか？

そうやって、器というのは大きくなっていくと僕は思う。

なんとなく思っているだけでは夢は叶わない。手を上げるからタクシーは止まるわけで、そこには行動がある。何か欲しいものがあったとしたら、買えないところから買えるようになるまでのプロセスが面白い。

そして、それを手に入れることができたとき、自分の成長がある。そのプロセスで得られる経験値が、その人の力となり、魅力になっていく。

Take Action!!!

メンター

宝石の価値を知るときに、マスターストーンを持つといいと聞いたことがある。自分の基軸となるマスターストーンを自分が持つことによって、他の石がどういうレベルかということがわかってくる。それを人間で言うならば、〝メンター〟という存在だ。

メンターは、考え方や生き方など、自分の基軸となるものを提供してくれる。

例えば、あなたがピアノを習いたいとしよう。

どこのピアノ教室に通うかを決めるときに、近いからという理由で近所のピアノ教室に通ってしまうところから間違いが始まる。ピアノがうまくなりたいのであれば、たとえ家から遠いとしても、自分がなりたいと思う人を探して、その人から習うべきだと僕は思う。

近所のピアノ教室で習うと、そこのピアノ教室の先生のようになってしまう。教わるのはピアノだけではなく、その人のピアノに対する姿勢や考え方、人生観までも影響を受けてしまうわけだ。

もし、近所のピアノ教室の先生がつまらない先生だったとしたら、そのことがつまらなくなってしまう。だからこそ、自分がそうなりたいと思える人を探して、その人の元で習った方がいいのだ。

僕は、メンターにする人は魂のワクワク、つまり自分がなりたい、学びたい、楽しい、一緒にいて元氣になってしまう人から学ばせていただくようにしている。子供は親にすべてを委ねるけれど、そういう感覚に近いかもしれない。魂が感動して喜んでいるという感じだ。

葉巻やラム酒、ファッション、旅、そして人生など、いろいろなことに興味のある僕にはそれぞれの師匠がいる。

メンターと話していると、自分の基軸や定義がブラッシュアップされていく。会話というのは、自分の定義と相手の定義を擦り合わせていくチェスみたいなものだと僕は思っている。そのチェスが面白いわけだ。

例えば、【自由】といっても人それぞれ定義は違うし、【成功】といっても人それぞれ定義は違う。メンターは、自分の定義というものに多大な影響を与えてくれる。

ある有名な著者が「メンターを持てる人は一万人に一人、その一万人に一人は成功する」と言っている。今の日本では、多くの人が唯我独尊になっている氣がする。いつも自分の考え方や知っていることが正しくて、なんか偉くなってしまっている。

それだと人生は広がっていかない。

メンターがいない人は、一つ一つのことに定義や軸みたいなものを持っていないし、そもそも深掘りして一つ一つの物事を考えたりはしないだろう。自分が一個一個の言葉に対して定義みたいなものを持ち合わせていないから、人と会って喋っても会話が成り立っていかない。

「自由になりたい」「幸せになりたい」「豊かになりたい」と言っている人は多いけれど、その言葉の定義を聞いてみると、意外と答えられない人が多い。意味をわかっていないのに、その言葉を使ってなんとなくわかった氣になっている。

定義を持っていないと、本当の意味で人との会話も成り立たないし、物事を深く理解することはできないと僕は思う。

メンターがいることで、さまざまなことに基軸となる定義や考え方ができ、またそれらが素敵な人たちとの出会いの中でブラッシュアップされていく。

人生が広がっていく思考法

世界的に有名なピカソの絵がある。ピカソの絵というのは、長きに渡り世界中で多くの人に感動を与え、賞賛されている。その結果、数十億円とか、中には数百億円という値がついているものもある。

しかし、ピカソの絵を見たときに「ピカソの絵って下手だよね」とか「あれだったら俺でも書けるよ」などと言う輩がたまにいる（笑）。

そんな考え方をしてしまう人を見ると、ある意味すごい感性を持っているなと感心してしまうが、おそらく自分の人生の幅や感性はまったく広がっていかないだろう。

自分の認識こそがいつも正しくて、それ以外は間違っているという判断をしてしまう。世界中で賞賛されているピカソの絵に対しても、酷評できるくらいの人間になってしまっている。自分の立ち位置が高くて偉くなってしまっているのだ。

なぜ多くの人が感動し、数億円もの価値がついているのか？ということを疑問に思わないのだろうか？多くの人を感動させているものを見ても、感動できない自分の感性に疑問を持たないのだろうか？

ピカソの絵に限らず、世界的に評価の高い作品や多くの人を魅了しているものに対して、感動できない自分の感性の方がもしかしたら違うのかもしれないという認識を持てたら、あなたの感性や人生は広がっていくのではないだろうか。そこから、自分がより多くの芸術に興味を持ち、いろいろな作品に触れていくことで、自分の芸術性や感性が磨かれていくのではないだろうか。そういうあなたになったときに、ピカソの絵に感動できる自分になれるかもしれない。

師匠に「自分が賢いと思ってる奴はバカで、自分がバカだと思ってる奴が賢いんだよ」とよく言われる。「あの人はこんな人だよね」「あの場所はこんなところだよね」「あの国ってこんな場所だよね」みたいに偉そうに批評する人間がいるが、インターネットや人からの話だけで、自分で一回も見たことも聞いたこともないのに知った氣になっていたり、たとえ一、二回くらい見たことがあっても、自分側にそれを受け取れるだけの器やセンスがないのかもしれないのに、それに氣づかない。

自分はまだまだ未熟で無知だと思っている人の方が、素直に感動したり、いろいろなことに興味や疑問を持ったりする。だからこそ、いろいろな情報や人に出会うし、それらからどんどん学び、吸収できる。

結果的にどんどん世界が広がるし、賢くなるし、人生がより広がって魅力的な人間になっていく。

自分は無知だと知ろう。僕は日本で育ったけれど、日本のことは全然知らないし、自分が育った千葉のことすらまだまだ知らないことだらけなのだ。簡単に決めつけてしまってはもったいない。

学ぶことは、無限にある。

人生はゲーム

ゲームとギャンブルは違う。ゲームはそれをやること自体が面白くてやるものだけれど、ギャンブルはお金とスリルのためにやるものだ。そして、ゲームの何が面白いのかというと、進めていく過程で出てくるさまざまな困難をクリアして、ゴールに向かうまでのプロセスだ。

では、僕にとってどんなゲームが一番面白いと思うかと言うと・・・「人生」という壮大なゲームだ。

自分の人生を好きなようにクリエイトしていくゲームこそが、どんなゲームよりも一番面白い！何もないところから好きなように想像を膨らませて、そこに向かって自分の人生を創り上げていくプロセスが最高に楽しいのだ。

例えて言うとするならば、ガンダムの模型を手に入れたいと思ったときに、すでに完成された完璧な模型をお金を出して買うのではなく、落ちている流木や鉄くずなんかを使いながら、自分が好きなように自由にデザインしてガンダムを作っていく感覚だ（もはやそれはガンダムではないかもしれないが笑）。それを作り上げていくプロセスでさまざまな困難が現れてくる。それらを一つ一つクリアしていこうとしたときに、新たな知識や経験が増えていく。それが面白そうなものであればあるほど、仲間も集まってくる。

時間は、過去→今→未来と流れているのではなく、ワクワクしながら自由に自分の未来をイメージすることによって、その未来に繋がっていく「今」が現れてくる。

好きなように、自分の人生をクリエイトできるのだ。

できそうではなく、なりたいかどうかでイメージしたらいい。

未来はまだまだ白紙なのだから、好きなように描き、創っていけばいいのだ。

そこへ向かっていく途中で、さまざまな出来事や、ときには困難が訪れるだろう。

まさに人生ゲームの面白い場面だ！それをどうやって乗り越えていくかを考え、クリアしていくことが面白い。

なりたい未来の自分を描いてセットすると、それがあなたの周波数になり、共鳴するものが変わってくる。我々は全員が死に向かって生きている。生きている限りは、望むにしろ望まないにしろ、変化は避けることはできない。すべては無常なのだ。

どうせ変化するのなら、自分以外の何かによって変わらざるをえなくて変えさせられてしまうのか、自ら能動的になりたい自分に向かって変化成長していくのか。僕は能動的に変化していきたい。

師がいつも「難しいことと簡単なことがあったら難しい方を選びなさい」と言っている。なぜなら、難しいことの方が圧倒的に面白いからだ！

最後に・・・このゲームには一つのルールがある。

【それは人を喜ばせる】ということだ。

早く結果を出したいならば、たくさんの人を喜ばせることができるようになり、結果的に人が必要としてくれる人になっていくことだ。それが自分にとって最上級に幸せなことだし、そのルールさえわかっていれば、人生ゲームはさらに面白くなるのではないだろうか。

人生に成績表があるとするならば、
・自分の人生をどれだけ楽しめたか？
・どれだけの人に必要としてもらえる人間だったか？
・どれだけの経験値を魂に刻み込んだのか？

こんな項目を、あの世に行くときに聞かれる氣がする。

人生は、神様がくれた最高にエキサイティングなゲームだ。
人生は一回きりだし、時間はどんどん過ぎていく。ゆっくり過ごすなんて死んでからでもできるのだから、さらにさらに楽しんでいきたい！

自分の人生を、どんな映画作品よりも面白く創りあげ、冒険のように楽しもう。

成功

多くの人が成功という言葉を使う。多くの人が成功を求めている。

では、その人たちにとっての成功とは一体何なのだろうか。

この問いを投げかけてみると、意外に多くの人が答えられない。それは、自分にとっての【成功】とは？という定義を持っていないからだろう。「何となくたくさんお金がほしい」「お金を稼いで今の会社を辞めたい」「働かないで生きていきたい」みたいな感じで、ぼんやりとした感覚でいる人が多いように感じる。

僕にとっての成功の定義というのは、**自分が人を喜ばせられるようになって、結果的にたくさんの人に必要とされるような人間になる**ことだ。

お金があれば成功だと思っている人が多いけれど、そのお金というのはどのような仕組みであなたの元へやってくるのだろうか？

お金は、自分が受けたモノやサービスの対価として支払うことによって動いている。

だから、自分が成功したいと思って氣張って頑張ってもお金が入ってくるようなものではなく、あなたが人が必要とするものを提供し、人を喜ばせられることができて、もしそれが感動されるようなレベルであればシェアされていき、大きくなっていく。

つまり、人の感動のシェアにより成功させてもらえるのだ。その結果の一つとして、お金も入ってくるようになる。

成功し続けている人というのは、人の役に立ち続け、人に必要とされ続けているから成功し続けている。一瞬だけお金を稼いで消えていく人というのは、人から必要とされなくなったから消えてしまっているんだ。

だから、全部〝相手〟、全部〝人〟なわけだ。ビジネスや商売は、すべてお客さんがいてくれるから成り立つ。

繰り返しにはなるが、ビジネスをやる上での心構えというは、まずはお客さんが喜ぶモノやサービスを提供する。お客さんは支払っている金額以上の価値を感じれば嬉しくなるし、そこからファンになっていくだろう。それが感動レベルまで到達したら、リピーターになるだけではなく、感動を人に共有したくなり、感動のシェアが始まっていくだろう。

逆に、支払った以上の価値を感じなければ、もう買わなくなる。期待を大きく下回れば、良くなかったことがシェアされていくだろう。

だから、あなたがもし成功したいのであれば、「成功」の定義を持ってほしいし、人やお金がどのように動いているのか?ということを追求してほしい。自分が人の期待を常に超えようと思って目指してほしい。

人が支払った以上の価値を提供していこうという心構えを持って生きることが、あなたが成功できるかどうかに大きく関わってくる。

成功というものが、ただ単にお金を持つことだと思っている人というのは「今のあなたのままですぐにお金が稼げる」という輩に簡単に騙されてしまうのだ。

そして、今のままの自分でお金を稼ぐというのは、はたして面白いのだろうか。本当に面白いのは、ただ単にお金を持つことではなく、人から必要とされる魅力的な人間に成長していき、いろいろな意味での豊かさを享受することなのではないだろうか?

素敵な成功者が増えれば優しい人たちが増え、街が元氣になり、国が元氣になり、地球がさらに面白い星になっていくのではないかと思っている。

あなたもぜひ、そんな成功者の一人になってもらいたい。

仕事

僕にとっての仕事の定義は、**人が必要としているものを提供して、人の役に立つ**ことだ。

人間には、必要としてもらいたい、人の役に立ちたいという本能が備えられている。仕事を通して、世のため人のためになっていると感じることができたら、人は幸福感を得ることができる。そういう仕事をしている人にとっては、仕事はとても楽しいものなのだ。

ちなみに、かつて世界中に植民地を持って労働を奴隷たちにやらせていた欧米では、働くことが罰のような考え方がベースにある。

このことは、「労働」を表す言葉の語源を見るとわかってくる。英語の「labor」は苦役、苦痛、フランス語の「travail」は拷問の道具、ドイツ語の「arbeit」は奴隷、家来といった意味の言葉を語源にしている。

働くことは生き甲斐ではなく、苦しい罰という意識が根底にあることが語源からわかる。

しかし、日本の場合は違う。

日本の神々は自分自身の喜びとして、機織りや稲作に取り組んでいた。その根底には「働くとは傍を楽にすること」という価値観があり、労働を苦役と捉えた西欧の考え方とは大きく異なる。

つまり、仕事とは「周りの人たちの役に立ち、人を喜ばせること」という価値観が、我々日本人のDNAに組み込まれているのだと僕は思っている。

さらに、自分の好きなことで人の役に立てるレベルまでいくと、ますます楽しくなっていく。「好きこそ物の上手なれ」という言葉があるが、人は自分の好きなものには夢中になれる。夢中になって追求していくと必ず上達する。そこに、あなたが喜ばせたい誰かがいると、さらに追求や改良したい氣持ちが高まっていくだろう。すると、あなたはその分野で徐々に際立った存在になっていく。それこそが、あなたの仕事というものになっていく。

好きを追求し、人のお役に立っていくことは、まさにそれこそが自分の幸せになり、人生がますます楽しくなっていくことなのだ。

どの分野においても、好きで夢中になってやっている人が必ずいる。あまり興味のないことをお金を稼ぐためにある程度頑張ったとしても、おそらく好きでやっている人には勝てないし、好きでやっている人のレベルに達することはないだろう。

要は、たいして人のお役に立てるようにはならないということだ。

だからこそ、今からでも、お金のためではなく、好きなこと、興味のあることを思いっきり追求してほしい。

あなたの中に喜んでもらいたい誰かがいれば、あなたの追求はもっと高まるし、それが結果的に多くの人に必要とされて、人の役に立てるレベルまでいけば、いわゆる本来の「仕事」になっていく。

「好きなことを仕事にして生活できるようになりたい」と言っている人に会うことがたびたびあるが、自分が好きなことで生活できるようになるかどうかは、あなたが人をどのレベルまで喜ばせることができるようになるかに尽きるのだ。

だから、仕事になるかどうかは自分で決めるのではなく、周りが決めるものなんだ。

たくさんの人から必要とされるようになった状態を「繁盛」という。

いろいろな意味で、あなたが豊かで楽しい人生を送りたければ、奴隷のようにお金のために労働することではなく、本来の仕事の形を身につけていくことをしていってもらいたい。

ビジネスの存在意義

よくちまたで「いくら稼げます」という怪しげな投資話やビジネスの話をしている人たちがいる。SNS上にもそのような広告などが溢れているけれど、僕は胡散臭さや違和感を感じてしまう。

そもそもビジネスや商売というのは、なぜ世の中に存在しているのか？

例えば、あなたが魚を売ろうとしたとする。その魚を漁村に持っていったとしても、漁村では魚は当たり前のようになっているから、売るのはなかなか難しいだろう。

では、その魚を山に持っていったとすると、山では魚というのはなかなか食べれないものだから、魚に価値が生まれる。それに対して、山の人たちはお金だったり、それに見合った対価を支払う。

逆に、山でイノシシの肉は売れるのかというと、山に住む人々にとってはイノシシの肉は当たり前のようになっているから、イノシシの肉は価値は低い。

要は、山の人が毎日海に行ったり、海の人が毎日山に行ったりするのが大変だから、これを代わりに仕事として運んでくれる人に対して、〝ありがとう〟という氣持ちの対価で、モノなりお金が支払われる。これが商売の起源だったりする。

お金という便利な交換ツールが生まれたのもここから始まっている。

つまり、ビジネスや商売の定義というのは「誰かが必要としているモノやサービスを提供し、人の役に立ち、喜んでもらう」ということ。これが商売における鉄則だ。

お金を稼ぐ目的のためにただ雇われて働いていると、そういう思考にはおそらくならないだろう。その思考のままでビジネスを始めたとしても、お金を稼ぐことを目的としてビジネスをしてしまうため、うまくいくことはまずないだろう。

あなたがやろうとしていることが人の役に立てるかどうか。そこを考え、そこを目指していくことがビジネスの基本なのだ。

人に必要とされている限り、そのビジネスは存続できるし、必要とされなくなれば存続することができなくなる。人は感動したらリピーターになってくれるし、さらに感動が大きければ、その感動がシェアされていく。お客様や人が、あなたのプロモーターになってくれるのだ。

人が必要としてくれること、それこそがビジネスの存在意義なのだ。

繁盛する経営

毎日行列ができるラーメン屋さんがある。

そのラーメン屋さんのオーナーは、本当にラーメンが大好きで、とにかくお客さんに美味しいラーメンを食べてほしい、お客さんにラーメンを食べて幸せになってもらいたいと思っている。

そのために、本当に美味しいラーメンを日々追求し続けている。

そんなオーナーの魂が込もったラーメンを食べたお客さんは、美味しいと感動して、また行きたくなる。さらには、リピーターになるだけではなく、その感動を周りにシェアして、新しいお客さんを連れてくる。

それが繰り返されることで行列ができて、お店が繁盛していく。

一方、その近くには閑散としたラーメン屋さんがある。そのお店は、オーナーがお金を稼ぐために開いた。いつも売り上げや利益のことばかり考えている。そんなオーナーの作ったラーメンは、お客さんを感動まで持っていけるのだろうか。結果的に、人は来なくなり、お店はどんどん閑散としていくだろう。

繁盛する経営というのはシンプルに、人を喜ばせているということ。これしかない。
ただし、人を喜ばせることは難しい。だからこそ、そこを目指していく。これが経営者だ。

繁盛していくお店というのは、オーナーが売り上げを上げるためにがむしゃらに頑張って結果を出しているというよりは、お客さんたちが応援団のようになってどんどんシェアされて、自分の想像を超えるような大きなものになっていくという感じなのだ。

もし、社員や従業員さんがいるのなら、その人たちも誇りを持てるような経営をしていく。どこかでウソをついていたり、ごまかしていたり、後ろめたさを感じるようなことをやっていれば、いずれ内からも外からも崩壊していくだろう。
携わる人たちが周りに自慢したくなるようなことを目指していくべきだ。

何度も繰り返しにはなるが、繁盛する経営のコツは「氣合を入れて結果を出すために頑張る」のではなく、「どうしたら周りの人が喜んでくれるのか。感動してもらえるのか」を目指していくこと。

そんな人に愛されるお店があなたの街にたくさんできたら、あなたの住んでいる街はどんどん元氣になるだろう。

愛のあるお店を探してみてください。

集客

僕は、集客という言葉を使っている人に違和感がある。
集客はするものではない。集まるものなのだ。考えるべきは、人が喜ぶもの、参加した人たちが感動するものを提供できるかどうかだ。

人が喜ぶものを提供して、感動してくれたらシェアされるようになる。そして、シェアされた人も喜ぶ。それを繰り返していけば、結果的に人が増えていく。そこに集めるという行為は存在しない。

繰り返しになるが、考えるべきところは、来てくれた人が何をしたら喜ぶか？何を提供したら喜ぶか？ということ。人を喜ばせ続けていたら、シェアの輪が広がっていくのではないだろうか。

SNSなんかを使ったすごい集客術で人を集めたとしても、あなたが提供するものがつまらないものであれば、あなたの信用はガタ落ちになるし、詐欺師のようになってしまう。

自分中心の目線で考えるのではなく、「自分が人にしてもらいたいと思うことを人にしてあげる」という相手目線の考え方をしていく。

参加者が楽しんでくれるものをあなたが毎回提供できていれば、回を重ねるたびに参加者の数は増えていくだろう。

どんなことをしたら、あなたの周りの人たちが喜ぶと思いますか？

権利収入

世界中の人に愛されている本の一つに、「ハリーポッター」という本がある。

たくさんの人に本が愛されて、喜ばれている。その本が読む人を感動させたり、楽しませている限り、それに対して印税収入というものが入ってくる。毎日会社に行って、自分の労力や時間を会社に提供する働き方ではなく、時間や場所にまったく縛られないような生き方になっていく。

このような本の印税なんかも、いわゆる権利収入の一つだ。


世の中にはそういう権利的な収入が欲しいと考えている人は多いと思うし、実際それを目指している人もたくさんいる。

しかし、「権利」ばかりを追い求めて、「権利」を持つとはどういうことかを考えていない人が多いのではないだろうか？権利を持っているとは、一体どういう状態を指すのだろうか？

僕にとっての権利の定義とは、「責任が取れるかどうか」という状態のことを指す。

例えば、ガキ大将になる権利はどんな人のところへやってくるのだろうか？

ガキ大将は、自分がなりたいと言ってもなれるものではない。仲間がいじめられていたら率先して助けたり、自分の仲間が困っていたら仲間たちの力になったり、励ましたりする。仲間たちに何かがあったときに責任を取ろうとする人間が、周りから慕われて、頼れる存在になっていき、自然とガキ大将という存在になっていくのではないだろうか。

結婚だってそうだ。「この女性が欲しいから結婚という権利で縛ろう」とするのではなく、「この女性が好きだから幸せになってもらいたい」と本氣で思うことだ。

師匠がいつも言っている。「その女性が、自分と一緒にいるよりも幸せになれる男性と出会ってその男性を選ぶならば、それを喜ぶことなんだ」と。「男は100％現金保証の生き方をしなさい。この意味はいつでも返せますよという意味ではなく、自分以上にいい男がいるならいつでも返してくださいという意味なんだよ」と・・・。

つまり、自分以上はいないよという自信の表れなのだ。そう言える人間を目指しなさいといつも言われている。

権利を勘違いして、所有しようとしたり、何かあったときに、責任逃れをする人からは人が去っていく。

他にも「社長になりたい」とか「起業したい」と言う人がいるけれど、会社が世のため、人のためになることに自分が一番尽力して、何か社員や組織に問題があったら一番に責任を取ろうとする人が、結果として、その会社の代表というものになっていく。

ほとんどの人は、いざとなったときに自分が責任を取ろうとはしないが、権利やポジションばかりを欲しがっている。権利ばかりを追い求めても、責任を取ろうとしない人間の元には、人もお金も集まってこないのではないだろうか。

ただ前提として、責任は取りたくても簡単には取らせてもらえない。

会社で言うと、自分が課長や部長になりたいと言ってもならせてくれるわけではないし、付き合ってる人に結婚しようと言っても簡単にさせてくれるわけではない。

「この人だったら任せられる」「この人だったら楽しそう」と周りの人が判断して初めて、責任が自分の元にやってくる。

だから、**権利を取りにいこうとするのではなく、あなたの周りの人たちが責任を取らせてくれるような人間になることを目指す**ことが大事なんだ。

そして、責任を取らせてもらえるということは、すごく幸せなことなんだ。

目指す

何かを目指すことは大事だ。目指さない人生はつまらない。

僕にとっての「目指す」ことの定義を話そうと思う。

「目指す」というときに、多くの人が利益やお金、地位などを目指すものだと思ってはいないだろうか。しかし、僕にとっての目指すとは**「いかに自分の魅力を上げるか」**ということだ。

自分の地位や収入なんかを目指すことではなく、いかに人を喜ばすことができるようになり、人の役に立ち、人から必要とされる人間になれるか。

その結果として、自分の魅力が上がっていって、いろいろなものが集まるような人間になり、人生は豊かになっていく。


【結果】より【プロセス】

【お金】より【人】

【地位】より【誇り】

あなたの魅力や提供するものに感動した人たちが、あなたのファンになり、リピーターになる。さらに感動が大きければ、人にシェアをして感動を共有し始める。まるであなたの応援団のように・・・。

お金や自分の利益を目指すのではない。人のために目指すのだ。もっと喜ばせられるように。

そうすると、周りの応援団たちによって、あなたの目指しているものがどんどん大きくなって、成就していくだろう。

やり方よりも在り方

最近のメディアを見ていると、人々の不安を煽るものばかりが溢れている。

そういった情報にばかり触れていると、これからの人生やお金に対して不安が増していくだろう。その不安をなくすために、何か解決策や手段、方法を探している人も多いのではないだろうか。

その影響かもしれないが、昨今の世の中には、集客術や文章の書き方講座、お金を簡単に早く稼ぐ方法、高利回りの投資話などの情報が溢れ返っている。


しかし、どれもこれもノウハウでしかない。僕は、うまくいくノウハウはないと思っている。

もし、これからあなたがビジネスをやろうと思っているのであれば、「どういうやり方でやる」とか「何をやる」かよりも、「あなたがどういう人なのか」ということの方がよほど大事なのだ。

例えば、すごい集客術を使って人を集めたとしても、あなたに魅力がなかったらお客さんはどう思うだろうか？　きっとがっかりするだろう。それこそ詐欺になってしまう。結果的に人は離れていってしまい、相手にとってもあなたにとっても大きなマイナスになってしまう。

簡単に○○とか、今のままのあなたで○○みたいなキャッチコピーで、表面的なやり方やノウハウを簡単に求める人が多いけれど、本当に大事なのは「あなたがどういう人か」ということなのだ。

ノウハウなんて、1、2年経つとどんどん変わっていってしまう。

しかし、時代が変わろうが人の魅力というものは変わらない。

いつの時代でも普遍的な、**人が必要としてくれる魅力的な人間を目指す**ことこそが、あなたが豊かに生きる鍵になるのではないだろうか。

モノの価値と人の価値

以前、キューバの葉巻会社のイベントに出席させてもらったことがある。

数年振りに訪れたキューバでは、インフレ率が700％まで上昇し、キューバの紙幣がほとんど紙切れ同然のようになっていた（そんなことは世界中のどこかでたびたび起こることなのだが・・・）。

そんな状況にあるキューバで、クラシックヴィンテージのオープンカーで葉巻をやりながら、モノの価値について考えてしまった。


キューバでは、1950年代のクラシックカーたちが、元氣に街の中を走り回っている。そんなにお金持ちに見えない普通のタクシードライバーや学生の人でさえ、大事にリペアしながらクラシックカーに乗っている。

もし、日本で1950年代のクラシックカーに乗っている人がいたら、その人は相当なお金持ちか特別な人だろう。日本で1950年代のクラシックカーを購入しようと思ったら、数千万から数億円かかるものまであるからだ。
逆に、もしキューバでトヨタの車に乗っていたら、かなりのお金持ちか特別な人だろう。日本では誰もが乗っているトヨタの車が・・・。

モノの価値とは一体何なのだろうか？

もちろん、品質的なモノの価値ということはあるのだが、人はないモノを欲しがるから、場所によって希少価値が変わり、それぞれの場所での価値となり、それぞれの場所での値段になっていく。

これは車に限らず、人にも同じようなことが言えるのではないだろうか。
例えば、職業的なことで言えば、車の整備士は今どんどんいなくなっていると言われている。車がどんどんコンピューター化、EV化して、人の手でエンジン周りなんかを整備することがなくなっているからだ。それで、大多数の人が整備士を辞めるか、そもそも選択をしなくなる。
しかし、本当に車の整備が好きな人は、大多数の意見なんて関係なく、さらに整備の腕を磨いていってほしい。どんな時代になろうとクラシックカーやガソリンの匂いのするエンジン車が好きな人は必ず一定数いるから、その人たちにとっての希少価値になり、その人たちの役に立ててしまうのだ。

多くの人が選ばないのなら、逆に言えばチャンスなのだ。

現代の学校教育は、一人一人が希少価値のある人間に育てていくという教育ではなく、画一的な人間を育てるような教育システムがある。そのシステムからはみ出す者は不良品扱いされて弾かれていく。そこから、人と違うことをやるのを恐れる思考ができあがっていく。

しかし、本当は常識的な普通になることが、一番残念な生き方なのではないだろうか。

元々、一人一人が希少価値のある存在なのだから、自分の好きだという氣持ちに正直になって、自分の個性を思いっきり出して自分を生きることでしか、本当の意味で周りの人たちの役に立つことはできないのではないだろうか。

だからこそ、みんながやらないことであっても、好きなら思いっきりやったほうがいいと僕は思う。

他にも、お金や宝石、例えば、光より輝く美しい見た目であり、古代より権力や不老不死などの象徴とされてきた金。元々それ自体に価値があるというよりかは、誰かが価値を決め、交換価値が生まれて、価値が高くなるわけだ。

本来、紙幣というのは単なる紙切れであり、交換券であり、図書券のような存在だと僕は思っている。お金を神様のように崇めている人や、お金があれば幸せだと考える人が多いような世の中だが、はたしてお金だけが交換価値なのだろうか。自分自身に信用や魅力のない人は、お金の背後にいる何者かの信用保証券でしかモノを手にいれることはできない。

しかし、自分に信用や魅力のある人は、そのような信用保証券がなくても、人やモノが集まってくる。

モノの価値とはいったい誰が取り決めた価値なのか？

誰かが定めた一般的な価値に振り回されて生きるのではなく、自分にとって本当に価値のあるモノとはなんなのか？

ぜひ一度、価値についてゆっくりと考えてみてほしい。

自分の価値

よく「自分の価値ってどうやってあげればいいんですか?」という質問を受ける。僕は、自分の価値というのは、自分で決めるものではなく、常に相手が決めるものだと思っている。自分が自分のことをこうだと思っていても、相手から見たら違うかもしれない。

例えば、あなたが女の子とデートをして告白しようとしたとする。そのとき、安いファミレスに連れて行って告白したら、どうなってしまうだろうか?そこで「僕は君のことをすごく大事に思っているよ」と告白したとしても、その言葉はファミレス価格になってしまい、その恋を成就させることは難しくなってしまうだろう。そのファミレスというものが、自分の価値を下げてしまうわけだ。

逆に、自分が相手のために、相手が喜ぶような場所を丁寧に探して、素敵なムードの中で告白したりすると、あなたとあなたの言葉の価値も上がってくる。

つまり、人はあなたを単体として見るのではなく、あなたが持っているモノ、連れていく場所、付き合っている人など、あなたの周りにあるものすべてをあなたとして見る。

それらすべてが相手から見たときに、あなたの価値になってくる。

相手のために愛情を持って喜んでもらおうと思い、いろいろなチョイスを積み重ねていった結果、あなたは周りの人を喜ばせられるような、素敵なモノや人が集まっている状態になってくる。

それらすべてが、人から見たときにあなたの価値となって映っていく。まさに、あなたの周りの素敵な場所や素敵な人たちは、あなたの財産になるのだ。


繰り返しになるが、相手に対しての愛情があればあるほど、より良いものやより本物を追求するようになっていく。

人の為と書いて「偽り」という字になる。相手の為というのは実は偽りであって、人の為にやることが自分の為になるんだ。自分の為だと、どうしても妥協点が低くなって、追求することをしなくなってしまうのではないだろうか。

人の為に動くことが自分の為なのだ。


あなたの価値というのは、常に相手が決める。

人が何をしたら喜んでくれるのか？

そういう思考で生きていけば、あなたの価値はどんどん上がっていくのはないだろうか。

成功のメカニズム

多くの人は、チャンスとか楽しさ、幸せみたいなものを、常に自分の外側に探し求めている。これがあれば、あれさえあればというように、ないものばかりを追いかけて、今あるものに氣づかない。

なぜ氣づかないかというと、自分がすでに持っているものに対して感謝がないからだ。多くの人が「有ることが当たり前」だと思ってしまっていて、感謝が消えてしまっている。逆に「有ることが難しい」と思っている人には感謝が湧いてくる。

感謝するときに「有難う」と言うのはそういうことだ。自分が若いこと、親がいること、友達がいること、家があることすべてが、実は当たり前ではなくて有り難いことなんだ。

そんな感謝の氣持ちでふと空を見上げてみると、青い空を見ただけで楽しくなるし、雲を見ているだけでワクワクして楽しくなってくる。

もし、今日があなたの人生最後の日だとしたら、1分1秒の感じ方や世界の見え方がすべて変わってくるだろう。そんな感覚で生きることができたら、毎日が特別な日になるし、すべての予定がスペシャルになっていく。すると、ワクワクすることが増えるし、そのワクワクが情熱になり、情熱という燃料がモチベーションになって、行動力に繋がる。

感謝は機関車でいう石炭みたいなものなんだ。石炭を燃やすことによって熱が出て、機関車が動いていくのと同じように、人間にも感謝という燃料があって、情熱として燃えていき、その熱量で人が動いていく。

よく「モチベーションはどうやって上げるんですか?」と質問してくる人がいるけれど、モチベーションは自分の中に感謝がないと湧いてこない。多くの人が「会社に行かないと怒られる」とか「会社に行かないとお金がもらえない」などと言って、お金の奴隷みたいになってしまって、強迫観念や不安みたいなもので動かされてしまっている。そこには感謝や喜びというものがあまりないから、モチベーションも湧いてこない。情熱のある人間やエネルギッシュな人間というのは、人のためにしか動いていない。

仕事においても、自分の中に喜ばせたい人がいることによって、「これではまだまだダメだ」

「もっと素晴らしいものを作りあげよう」みたいな感覚になり、それがモチベーションとなり、いい仕事になっていく。

〝誰かのために〟という想いが自分の中にあると、不思議と見えてくるものがある。

星を見て綺麗だと感じたり、美味しいものを食べて美味しいと感じてワクワクする人の心の中には、共有したい誰かがいる。もし、無人島でひとりぼっちの状態で綺麗な星空を見たとしたら、あなたの心はワクワクするだろうか。むしろ切なくなってしまうのではないだろうか。自分の中に共有したい人が誰もいないと、「綺麗だったなぁ」だけで終わってしまう。それ以上のことは考えない。

しかし、自分の中に誰かがいると、あの人に見せてあげたい、あの人を連れてきたい、あの人とこの時間を共有したいという感情が湧いてくる。ワクワクしてくる。

あなたの中に喜ばせたい誰かがいることによって、見える世界が変わってくるのだ。

あなたが何かを始めようと思ったときに、まずはあなたが今持っているすべてが有難いことだと氣づくことが大切だ。その感謝が情熱に変わり、それがあなたのエネルギーになり、人を巻き込む形になって、成功への上昇スパイラルに乗っていく。

宇宙の摂理の一つに【エネルギーの高い方に吸い寄せられていく】というものがある。

成功するためにノウハウや方法ばかりを求める人が多いけれど、まずはあなたが当たり前だと思っているすべてのものに感謝をすることから始めてみてはいかがだろうか。

感謝

僕はメンターのところに、月に1回、もしくは数回行かせてもらうのだけれど、終わったときに毎回ドキドキしている自分がいる。まだまだ未熟な自分に氣づけるし、新たな学びがあったことで嬉しく幸せな氣持ちになる。そして、「来月また時間を作ってもらえるかな？」というドキドキした氣持ちが毎回ある。

永遠、常というのはないのだ。**すべての瞬間はワンチャンスしかない。**

仏教でも「無常」という言葉があるけれど、常は無いということだ。別れ際に「また今度」と言う人がよくいるけれど、「また今度」というのは二度とないかもしれないんだ。実際に、同じ時間というのは絶対に存在しない。

いつも「つまらない」と思っている人は、今あることを当たり前と思ってしまっている人なのではないだろうか。自分の若さ、友達がいてくれること、親の存在、食べ物があることなど…。当たり前だと思ってしまっている。

ちなみに「当たり前」の反対語は「有ることが難しい」。つまり、有り難いということなのだ。あなたの中で、モノでも人に対しても慣れというものが生じて、有ることが当たり前になるというのは、感謝の氣持ちの薄れからきている。

僕の周りで人生を楽しんでいる人や成功している人たちは、明るいし感動屋さんが多い。楽しいとか感動するという感情は、有り難いという氣持ちから生まれるのだ。

友達がいてくれて有り難い。家族や親がいてくれて有り難い。食事ができることが有り難い。健康で過ごせることが有り難い。大病をしてから氣づいたという人がよくいるけど、それは神様が「当たり前は無いよ」ということを教えてくれる機会を作ってくれたのかもしれない。

人生は「今」という瞬間の連続だ。今という瞬間を、感謝の氣持ちと共に思いっきり楽しんでいこう。

豊かさ

僕にとっての豊かさとは「**自分が人を喜ばせることができて、たくさんの人に必要とされる自分になっている**」ことだ。

そのために、自分自身を磨いていって、人に必要としてもらえて、その感動がシェアされていって、人が会いたくなるような素敵な存在を目指していく。

その結果として、いろいろな意味での豊かさがくる。

すべては、人を喜ばせたいと思う氣持ちから始まっているんだ。

人を喜ばせる

僕の師匠に「人は簡単には喜ばないよ。人を喜ばすことは本当に大変なことなんだよ」ということを教わる。

ほとんどの人は、簡単に人は喜ぶと思っているから「相手のためにやってあげたのに、あまり喜んでくれない」とがっかりしたり、「自分は頑張っているのに全然成果が出ない」などと言って、中途半端にやめてしまったりする。

もし、「人を喜ばせるのは難しい」という前提で自分が生きていたら、自分をもっと磨こうとするのではないだろうか。人をどのレベルまで喜ばせることができるのか、感動してもらえるのかという相手のための愛情を高いところに設定すればするほど、自分自身が磨かれていくことになる。

結局、人を喜ばせようと思えば思うほど自分が磨かれるし、自分が成長する。成長は、人のために動くことでしか得られないのだ。

世の中で成功している人たちというのは、「こんな自分ではまだまだ人の役に立てない」と思って自分を磨いている。しかも、その愛情の設定値が高い。だから、どんどん魅力的になるし、どんどん人を喜ばせられるようになっていく。

人に喜んでもらうことは本当に難しい。これをやれば人が喜ぶという正解もない。

ここから先の僕の人生も、よりたくさんの人を喜ばせられるように自分を磨き、人から必要とされる人間になることを目指して生きていこうと思う。

幸せ

最近、オシャレが好きなんですという子に出会った。

オシャレって不思議だ。局部を隠すためだけであれば、葉っぱでも被せておけばいい。けれど、カラフルな洋服を着たり、柄と柄を合わせたりして、個々のファッションを楽しんでいる。先日会った子も、好きな服を着て僕に会いに来ていて、すごく楽しそうな表情だった。

ここであらためて考えてみてほしいのだが、オシャレをすることが好きな人は、なぜオシャレが好きなのだろうか？服を組み合わせる作業が楽しいのか？着ている服で自分のアイデンティティーを出せることが面白いのか？

他にもいろいろとあるとは思うが、僕はオシャレをすることによって、人に喜んでもらえることが嬉しいのではないかと思う。

もし、核戦争なんかで地球上に人が誰もいなくなって、自分一人しかいなくなってしまったときに、はたしてオシャレを楽しむだろうか？おそらく楽しまないだろう。自分でオシャレをすることで楽しんでくれる人がいて、喜んでくれて、初めてオシャレが楽しいと感じるのだと思う。

オシャレをするとかは手段なのであって、目的は人が喜ぶことなのではないだろうか。

周りの人が喜ぶ姿が、自分の幸せに繋がるのではないだろうか。


僕にとっての幸せとは、自分の「存在意義」だ。自分を必要としてくれる人がいてくれて、自分の存在で誰かを喜ばせることができる。自分が他人の役に立たせてもらえることが、自分の幸せに繋がっている。


幸せを与えることではなく、もらうものだと考えている人は、幸せにはなれないだろう。

恋愛でもそうだ。自分がもらう側にいる人は、絶対にうまくいかない。

例えば、あなたに好きな人がいたとする。最初のころは、その子が笑った顔を見るだけで幸せだし、一緒の空間にいるだけで幸せだし、もし会話なんてできたら最高の幸せだ。そして、その子と付き合うことができたとしたら、そこが幸せの頂点だ。

しかし、付き合った後にだんだんおかしくなる人が出てくる。それはベクトルが変わってしまうからだ。最初はその子が存在してくれるだけで幸せだったのに、いてくれるだけで幸せだったのに、その子と付き合うことによって〝所有〟という概念が生まれてきて、その子からもらおうとしてしまう。自分の理想の女性を彼女に投影してしまう。しかし、それはもう〝彼女自身〟ではなくなってしまっている。彼女自身の幸せというよりは、彼女と一緒にいたり、彼女から何かをもらって満たされた自分を求め始める。

そうすると、自分の理想とする彼女と彼女とのギャップが大きくなってきて、文句を言い始める。最悪のケースは、どんどん彼女を支配するような形になっていってしまう。「僕のことをどれくらい愛しているの？」「君は僕のことを本当に好きなの？」「もっと一緒にいる時間を作れない？」みたいな感じに・・・。

彼女が幸せかどうかではなく、自分が満たされているかどうかの方を優先してしまう。人を変えたり、支配することなどできないのだ。

恋愛は「僕はあなたのことが好き」。これだけでいいんだ。

幸せというのは、もらおうとすることではなくて、与えていくこと。もらおうとしているということは、今足りないと思っていることの裏返しだ。足りないことばかりに目が向いている間は、そこには感謝はないし、幸せからはどんどん遠ざかっていくだろう。

幸せや楽しさというのは、常に自分の中にあるんだ。

以前、スリランカの国立公園のど真ん中でキャンプをしたことがある。どこを見渡しても人口の光がまったく見えないジャングルの巨大な岩の上でバーベキューをしていたから、真っ暗な大自然の中でみる星空は、空一面を覆うくらいに広がっていて、大宇宙の中に存在する自分を感じることができた。

一方、東京で空を見上げても、星はほとんど見えない。だけど、目には見えないだけで、その空に星が広がっていることを僕は知っている。

ただ、見えないだけ。幸せもそれと同じなのではないだろうか。

すでに自分は幸せの中にいるのだけれど、感謝がないから見えてこない。今あるものに対しての感謝がなくて、ないものばかりを追いかけている。何で自分は持っていないのか?という妬みや嫉妬に支配されて、幸せではなくなっていく。

そうではなくて、自分がすでに持っているものに氣づき、感謝をする。

若いというだけで幸せだし、五体満足というだけで幸せなんだ。友達、親、家族がいるということだけで幸せなんだ。親に対してありがとうと言ってみる。いつも食べているものに対して感謝を込めて「いただきます」「ごちそうさまでした」と言ってみる。ありがとうと言ってみる。自分が当たり前に歩けることにありがとうと言ってみる。

当たり前だと思っているものに対して、あらためて有り難いと思えたら、すでに自分は幸せの中にいることを感じられ、幸せな氣持ちになってくるのではないだろうか。

与えていく

街を歩いていると、たまに托鉢をしているお坊さんを見かける。お坊さんが駅前に立っていたり、近隣を回ってお賽銭を求めたりしている。

托鉢というのは、僧侶（修行僧）が街を無心に歩き、布施したい人が現れれば、ただそれを受け取る修行のことだ。では、お坊さんは何のために駅前に立ったり、近隣を回って托鉢をしているのだろうか？お金をもらうためにしているのだろうか？もし、お金を求めているのであれば、お金持ちの家に行ってお賽銭を求めるだろう。しかし、お坊さんはどちらかというと、貧しい人のところに行く。

その理由は、貧しい人に「人に与える」という機会を提供しに行くためだ。

貧しい人はなぜ貧しいかというと、人に与えてこなかったから。もらうことばかり考えてしまっているから豊かになれないのだ。そんな人に与える機会を提供しているのが托鉢なわけだ。

あなたが豊かな人間になったり、豊かな人生を送るためには、与える人間になることが大切なのだ。世の中で心も物理的にも豊かな人たちというのは、与えることが大好きな人たち。今の世の中では、自分がもらおうと思ってしまう人が多いけれど、大切なのは「自分がしてもらいたいと望むことを人にしてあげる」ということ。

【あなたが出したエネルギーが、あなたが受け取るエネルギーになる】

これが究極の成功法則であり、宇宙の摂理なのではないだろうか。

だからこそ、僕は「バチが当たる」とか「恩を返すのが大事だ」という今の日本の教えに違和感がある。バチが当たるから悪いことはしないようにしようとか、恩返しがあるからいいことをしようとか・・・。その根底には、何か見返りを求めているような感じがする。

それは結局、自分がもらおうとしてしまっているのではないだろうか。

そうではなくて、自分が相手にしてあげたこと自体が喜びなんだ。悪いことをしてはいけないというのは、バチが当たるからではなく、人を傷つけたら自分が傷つくよということなんだ。

鶴の恩返しで言えば、鶴が怪我をしていて、その怪我の手当てをしてあげて、鶴が元氣になって飛んでいきましたというところで、本当は最高の喜びだ。けれど、その鶴が帰ってきて、またわざわざ自分の毛を紡いで恩返しをしようとする。なんて可哀想な物語なのだろうか。実際、多くの人もその恩返しを期待してしまう。「私はこんなにやってあげたのに・・・」「あの人は私に何も返してくれない・・・」とか思ってしまう。これでは本末転倒である。

　本当はやってあげているだけで幸せ。これでいいんだ。


もらおうと思ってやると、もらおうとしている分だけエネルギーがにごってしまう。

例えば、自分がすごく感動した映画があって、その感動した映画を純粋に友達に教えてあげたいと思って教えていくと、情熱的になるし、違和感なく伝えることができる。ところが、その映画を友達に教えてあげると「何%バックされます」みたいな特典があり、自分がもらおうというモードになってやってしまうと、友達に言えなくなっていく。

だから、50%もらおうと思ってやっていると、50%分だけパワーが出なくなる。10%もらおうと思ってやっている人は、10%分だけパワーが出なくなる。100%相手のためにやっていると、100%の純粋なパワーが出せる。そういうふうにできているんだ。

人間って面白いですね。

しかし、どうやら宇宙というものは、1割くらいは返ってきてしまうような仕組みになっているらしい。1000個くらい人のためにやったら、100個くらい返ってきてしまう。だから、夢中になって人のためにやっていたりすると、その分宇宙からのリターンも増えていく。

ただ、それも宇宙からのリターンを期待するのではなく、純粋に周りの人たちが喜んでいることが面白いと思ってやっている人のところに結果的にやってくるそうだ。

与える時点で幸せなんだけども、来てしまったという感覚だ。自分が見返りを求めてやっていると、もらおうというエネルギーになるので、どんどん難しくなってくる。

とにかく与える（お役に立たせていただく）。そうしたら、宇宙からリターンが来る。

それが本当の意味での深い下心だと僕は思っている。あげたのに来ないと考えてしまう人は、考えが浅い。相手から取ろうとするのではなくて、宇宙からのリターン、つまり宇宙（神様）から応援されるような生き方をしていくことなんだ。

宇宙の唯一の法則は「あなたが与えたエネルギーが、あなたが受け取るエネルギーになる」ということ。与えた人だけが与えられる人になる。ここから先の地球は原点回帰して、ますますサムシンググレートが創った宇宙の法則に則っていく星になると僕は思っている。

サムシンググレート

サムシンググレート。直訳すると「何か偉大なもの」。この宇宙のすべてを創った何者か。

宇宙の存在を明確に知る人は、この地球上に一人もいない。宇宙というのは、人間の理解では計り知れないくらいに大きい。

その宇宙の歴史がどれくらいあるかは計り知れないが、宇宙に比べたら、地球の歴史なんて豆粒よりもはるかに小さい。地球の歴史からすると、生命の歴史なんて点みたいなもので、生命の歴史からすると、人類の歴史はさらに点だ。人類の歴史からすると、現代文明の歴史や価値観なんて、まばたきするくらいの一瞬でしかない。

その偉大な宇宙を創ったサムシンググレートの存在はあまりにも偉大すぎて、誰にもわかりようがない。

サムシンググレートは、この地球にもさまざまな種を創った。

木も海も虫も微生物も人間もすべて、サムシンググレートがクリエイトした創造物の一つなわけだ。すべての命は単体で生きているわけではなく、自分の命は、次の種の命だったり、地球全体(ガイア)の命になったりして、調和しながら成り立っている。

これこそが宇宙の摂理だ。

僕は大前提として、人類が作り出した科学は素晴らしいけれども、サムシンググレートが創造した宇宙や自然の摂理を超えるものは絶対にないと思っている。科学というのも、「自然はこうなっているんだ」というのを解明したものにすぎない。宇宙や自然ありきでの科学だ。

しかし、僕ら現代人は、人間が、もっと言えば一部の支配者が決めたルールや価値観の中で生きていて、その世界こそがすべてだと思い込まされている。誰かが意図して作った教育や歴史、科学、お金など・・・。もちろん素晴らしいものはたくさんあるけれど、多くの人がそれに振り回されて、翻弄されて生きていると感じる。

しかし、宇宙には一切の支配や所有、締めつけはない。

人間界にいるから、人間が作ったルールで生きなければいけない部分もあるのだが、いわゆる意図された一般常識というルールだけに縛られるのではなく、宇宙のルールがどう成り立っているのかを知ることは、もっと重要なのではないだろうか。

僕ら人間も、それぞれ親から生まれたわけではあるが、もっと大きな視点で見れば、サムシンググレートが生み出した宇宙から生まれてきた存在だ。だからこそ、サムシンググレートが創り出した森や海、自然の中にいると、どういう生き方をしたらいいのかというヒント、というよりも答えが見えてくる。

サムシンググレートが創ったこの宇宙のルールを知っていくことが、人生を幸せに生きるということに繋がると僕は思う。

そんな宇宙の創造主（サムシンググレート）が僕にとっての神様であり、僕の大きな主軸になっている。

進化論

「ダーウィンの進化論」という有名な説がある。
しかし、本当に本当の進化論というのは誰も知らない。

ダーウィンの進化論も一理あると思うが、自然界を見てみると、僕はダーウィンの進化論に違和感を感じる。自然の中にいる動植物にはさまざまな種がいて、クワガタ一つ取ってもミヤマクワガタがいたり、ノコギリクワガタがいたり、サルでもいろいろな種類がいて、その数は200種類とも言われている。お花にしても、コスモスもあればひまわりもあれば、本当にさまざまな種が存在している。

それぞれが雄と雌のように陰と陽に別れていて、からだの形も役割も異なっている。

本当に不思議だし、面白い。
神様がどんな氣持ちでこの種を創ったんだろう?なんて思うものまである。

そういうものを見ていると、人間がチンパンジーから進化した存在だというダーウィンの進化論はどうも僕にはしっくりこない。

サムシンググレートは、人間を〝人間という種〟として創ったのではないだろうか?

僕は今まで、チンパンジーと人間の進化途中という人に出会ったことがないし、僕の先祖がチンパンジーというのは、どうも納得がいかない。

年齢

年齢とは何なのだろうか？年齢とは誰が決めたのだろうか？

ちなみに、旧約聖書によると、我々人類の起源と言われているアダムは、９３０歳まで生きたと言われている。ノアの方舟で知られるノアは９５０歳。旧約聖書に登場してくる人物たちは、みんな１０００歳近くまで生きていたという。また、同じ種の生き物も、温度や氣圧などの環境を変えることにより、寿命が変わるという説もある。

３６５日過ぎたら一年というこの単位は、地球が太陽を約３６５日で1周（公転）するという太陽暦の基本周期からきている。

我々の肉体や物質は、時間経過と共に、いわゆる酸化をして劣化（老化）していくわけだが、その速度というのは、みんなが同じように進んでいくのだろうか？


例えば、一つのりんごを切ったとする。

片方は、あまり条件のよくない場所にそのまま放置する。もう片方は、塩を入れたレモン水を振りかけて、湿らせたキッチンペーパーでくるんで涼しいところに置いておく。この二つのりんごは、次の日になったら、はたして同じように歳を取るのだろうか?

条件の悪いほうは酸化が進んで茶色くなり、表面はカサカサになって腐敗に向かっていくだろう。もう一つのほうは、まだ鮮度を保っているだろう。同じりんごなのに、歳の取り方が変わるわけだ。

りんごの中にいる微生物や細胞たちの歳の取り方というのは、人間が決めた暦のようには歳を取らない。自然界のルールに則って歳を取っていく。

我々人間のからだの中も、60兆個と言われる細胞や、100兆個に及ぶ微生物でできている。その微生物たちによって、僕たちは生かされているんだ。

もし、その細胞や微生物たちが早く歳を取ってしまうような生き方をしている人は、老けていくのが早いだろう。逆に、からだの中の微生物たちが喜んでいて、細胞が若々しい人は歳を重ねても元氣だろう。

腐敗していくように歳を取るのではなく、まさに熟成発酵するように歳を重ねていきたいものである。

宇宙の仕組みや自然界のルールを知っていくと、どうしたら自分がいつまでも元氣で若々しくいれるのかということがわかってくるのではないだろうか。

人工的な不自然なアンチエイジングなんかに時間やお金を費やすのではなく、からだを構成する細胞や微生物たちが元氣になるような物を食べたり、生き方をしていると、あなたの健康状態はもちろんのこと、性格にまで影響を及ぼしていき、いくつになっても若々しくエネルギッシュな人生になっていくと僕は思う。

微生物

自然が無数の種の命の紡ぎ合いで成り立っているように、僕たちのからだも単体で作られているわけではない。

60兆とも言われる細胞や、100兆からなる微生物や菌などの、目に見えない小さな集合体で作られている。その微生物というのは、からだを腐らせる方向に働くものもあれば、発酵させる方向に働くものもある。からだを作ってくれている微生物が発酵して元氣であればあるほど、当然、我々も元氣になっていく。

「食事」の目次でも話したが、「食」という字は「人を良くする」と書く。自分が何かを食べるということは、自分のからだの細胞や微生物たちが元氣になるようなエネルギーや栄養をからだに入れることだと僕は思っている

例えば、昔からお酒は「百薬の長」と言われている。僕はビールも好きで、世界中で飲むのだが、お酒というのは、さまざまな作物を発酵させて、菌たちの働きのおかげでアルコールになる。

その自然発酵されたアルコールを嗜むことによって、自分の中にいる微生物も元氣になり、自然な高揚感が出てきて、からだが元氣になっていく。微生物たちが作ったナチュラルなビールを飲むと、僕のからだの中の微生物が喜んでいる感じがする。

僕が葉巻を好きな理由も似ている。本物の葉巻というのは、何年も熟成発酵させて作られている。そんな熟成されたものをやるわけだから、自分のからだの中にいる微生物が喜んでいるのを感じられるわけだ。

もともとの日本の食文化は、微生物や菌の力を使って作られている発酵食品がたくさんある（現在は、残念ながら添加物まみれの食品で溢れているが）。それが日本人の元氣の秘密の一つだった。もちろん、世界でもそうだ。

食べること以外にも、自分が発する言葉や音、思考、つまりあなたの波動（エネルギー）も微生物たちに影響を与える。

これからも、微生物たちが喜んで、熟成発酵していくような生き方をしていきたいと思う。

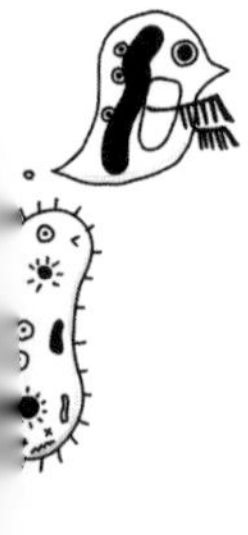

本物に触れる

すべての物質には波動（エネルギー）があり、本物には本物の波動（エネルギー）がある。
では、本物とは何なのか。

世の中には、お酒がからだの薬《くすり》だと言う人もいれば、毒だと言う人もいる。
例えば、お酒は本来「百薬の長」と言われている。しかし、その百薬の長というのは、「本物のお酒ならね」という話だ。僕はビールも好きだと言ったが、いわゆる大企業と呼ばれるところが全国に供給するために大量生産しているようなビールは飲まない。なぜかというと、あまり美味しくないからだ。

やはり、大企業はどうしても利益や株主に対しての配当なんかを氣にしながら、かつ低価格で、かつ長期保存できて、味を均一化させるものを作らないといけない。だから、どうしても保存料や人工的な添加物を使わざるをえない。そういったお酒というものは百薬の長ではなく、どちらかというと害になる氣がする。

他にも、タバコはからだに悪いという人もいれば、からだに良いという人もいる。これはどちらも正解だ。これもお酒と同じなのだけれども、いわゆるコンビニで売られているような安価な紙巻のたばこというのは、紙に漂白剤を使っていたり、タバコの葉というよりは、人工的な添加物のようなものが入っていたりする。

そういうものを肺に入れる吸い方をすると、当然自分にも害になってしまうし、自分の周りの人にもいい影響はない氣がするから、僕は一般的なタバコが好きではない。煙の匂いも臭くて好きにはなれない。

元々のたばこというのは、紀元前からあるもので、インディアンたちの文化なのだ。インディアンの文化では、たばこは肺には入れないで口でふかしていた。ナス科の葉っぱを乾燥させ、熟成発酵させた後に、丁寧に手で巻いたものをみんなで共有しながら楽しむ。微生物たちによって熟成発酵された葉っぱのエキスを仲間たちと楽しむ。

昔は、たばこは薬用としても使われていたし、嗜好品というよりも、人と人や人と神様（サムシンググレート）が繋がる行事の道具の一つとして使われていた。

一口でタバコと言っても、コンビニで買えるような安価な紙巻きのタバコから葉巻まであるわけで、どれを取ってタバコと言っているのだろうか？

お菓子だってそうだ。本当にからだに優しいお菓子だってあるし、スーパーで簡単に買えるような本当に「やめられない止まらない」になってしまうような中毒性の高いものまである。お菓子を買うのはよくないとか言うけれど、どのお菓子のことを言っているのだろうか。

僕の中での本物と偽物の定義は、人を幸せにするものかどうか。つまり、人を元氣にするものかどうかということ。人を元氣にしたり、人を健康にしたり、細胞を元氣に再生させるものは本物で、逆に人の心やからだをダメにするものが偽物だ。

自分が普段から持っているものや、選んでいるものが偽物に囲まれていると、やはり自分も偽物臭くなってしまう。その偽物臭い自分が何かを喋っても、相手には胡散臭いものとして伝わってしまう。

逆に、自分が普段から本物に触れていて、身の回りのものが本物で溢れていると、相手から見たときに自分の価値は本物に映っていく。そうすると、自分の発する言葉や提案するものが、価値のあるものとして相手に伝わっていくのではないだろうか。

安いからいいやとか、簡単に買えるからいいやとかではなく、本物がわかるセンスを身につける。

本物のエネルギーに触れながら、自分の感性やエネルギーを高めていくと、本物と偽物がわかるようになると僕は思う。

波動

最近は、多くの人が徐々に目に見えない存在を受け入れられるようになってきた。世の中というのは、実は目に見えないものが大多数を占めていて、目に見えるものの方がほんの一部だ。例えばラジオなんかも、空間にある目に見えない電波を共鳴させることで、僕たちはラジオを聴くことができる。

ラジオに限らず、世の中に存在するすべての物質は、最小単位で言うと、高速で動く素粒子からできていて、その振動指数を周波数という。当然、僕たち人間も目に見えないが、それぞれ固有の周波数を持っている。

その人間を含めたすべての物質から出ている周波数、つまりエネルギーのことを「波動」と言う。「類は友を呼ぶ」という言葉があるが、これはまさに同じ周波数を発する人同士が引かれあった現象だろう。自分の波動をチューニングしていくと、ラジオのチャンネルを変えるように、自分がキャッチできるものが変わってくる。

何か問題が起きたときに「相手が悪い」と言って、自分の外側ばかりに原因を求めてしまう人がいるけれど、実は、それは普段から自分が出している波動のせいかもしれない。

つまり、自分が普段使っている言葉だったり、普段考えている思考だったり、発しているものすべてに波動（エネルギー）があり、それが自分の波動になって、問題と言えるようなものと共鳴し、引き寄せているのだ。

良くも悪くも、自分の波動に合ったものが共鳴して周りに集まってくる。

もし、あなたに「自分の人生をこうしたい」という願望があるのであれば、望んだ人生になっていく波動（エネルギー）になると、共鳴するものが変わってくるだろう。

波動を変えるためには付き合う人を変え、自分がいる環境を変え、自分が持っているものを変えることが大切だ。安いお店に何回も行くのであれば、その分のお金を貯めて、たまには良いお店に行ってみるなどして、一流の波動に触れるといい。高級ホテルの素晴らしい空間でのコーヒーも、まったく手が届かないほど高いわけではない。少し背伸びをすれば出せるレベルだろう。

しかし、そこも波動共鳴しているから、波動が合っていないとなかなか行きづらいし、行こうとすら思わない。だから、お店や空間によって、来ている人の層が全然違う。まったく別の世界になっている。「類は友を呼ぶ」というのはそういうことだ。

この世には競争、奪い合い、裏切りなどでドロドロしている世界も存在しているし、与え合い、喜ばせ合い、調和、愛で成り立っている世界も存在している。カフェでも、安い遺伝子組み換えのコーヒー豆が使われていて、愛情を感じられないカップで出てくるような場所や空間もあるし、熟成焙煎されたコーヒー豆をゆっくり丁寧に入れてくれて、素敵なカップに入れてくれるような場所や空間もある。

僕も、20代のころに「面白い人生にしたいな」「豊かに生きていきたいな」と思ったときに、まず変えたのは自分の意識だ。今までの自分が選んでいたところではなく、今までの自分だったら行かないだろうなというエネルギーの高いところに行くようにした。

自分の思い描くなりたい未来の世界に自分の周波数を合わせていった。すると、徐々に現実が変化していった。

あなたも未来のなりたい自分になりきって、その波動（エネルギー）でさまざまなものをチョイスしていくといい。

行く場所ももちろんだが、振る舞いや服装、発する言葉など、なりたい自分になりきって生きてみる。きっと、今まで出会わなかったような素敵な発見が待っていることだろう。

自然から学ぶ

人間というのは、大きな視点から見てみると、サムシンググレートが創った自然の一部だ。サムシンググレートという「何か偉大なもの」が宇宙や地球を創って、そこにすべての動植物がインクルードされている。

地球上にあるものは、すべてサムシンググレートが創っているから、どこか似ているところがある。だからこそ、自然（宇宙）の摂理の中で生きることが、人間の在り方としても一番ナチュラルだ。


しかし、現代に生きる多くの人が、人間が後付けで作ったノイズだらけの不自然な世界に振り回されて生きてしまっていると僕は感じる。人間が作り出した世界観も面白いが、愛のない、意図あるものも同時に溢れかえっている。無意識にそれらにフォースされてしまっている。

そういった誰かの意図した世界の中だけで生きていると、自分の魂が疲れてしまったり、自分が何者かがわからなくなってしまうのではないだろうか。

その中で本当の自分を取り戻すというのはなかなか難しい。

人間が生み出したモノや科学は素晴らしいけれども、それは自然（宇宙）という大きな存在の中にあるもので、自然（宇宙）を超えるものではない。自然（宇宙）の摂理の中に、自分自身の生き方の真理がある。


僕は、自然の中によく行くのだが、自然に触れるとすごくリラックスできるし、いろいろなことが見えてくる。足を踏み込むのもためらうくらいに、土の中に動植物や微生物たちがいるのを感じるし、そっと目を閉じて自然の音を聞いたり匂いを嗅いでいると、自然はどういうふうに成り立っているのか、生命がどういうふうに調和しているのかを感じることができる。

無条件に僕の魂が喜んでいるという感覚だ。


もし、あなたも何かに迷ったときや、自分と向き合いたいときは、人間が作った不自然な都会ではなく、サムシンググレートが創った美しくパーフェクトな「本当の自然」に触れてみるといい。

本当の自然に触れることで、あなたの中にいる自然が共鳴して、あなたはリセットされ、からだも整っていく。

そうすると、自分がどう生きたいか、どう在りたいかという「本質目標」みたいなものが見えてくるのではないだろうか。

そして、その「本質目標」を叶えるためには何を学びたいのか、何をしたいのかがあなたの中に湧き上がってくる。それは、その後のあらゆる選択や出会いのヒントになるのではないだろうか。

現代社会に溢れるさまざまなノイズに振り回されたり、人と自分を比べたり、焦って自分を見失うこともなくなるだろう。

大自然に、地球に、宇宙に溶け込んで、自分の声を聞いてみよう。

競争から調和へ

サムシンググレートはこの地球に、さらに言うとこの宇宙に、誰一人として同じ人間を創らなかった。

この大宇宙の中に、一人しかあなたは存在しない。そう考えてみると、すごいと思わないだろうか。サムシンググレートが創った人間は、一人一人が特別で本当にユニークな存在だ。神様は、すべての人間を通していろいろな経験を楽しんでいるのではないかとも思えてしまう。

僕にはそんな感覚があるから、競争をして他の人と比べること自体がとてもナンセンスだと思っている。

人は競争をすると、どんどん分離が起きて弱くなっていく。〝自分が自分が〟という自分本意な思考になってしまい、どんどん利己主義になっていく。利己主義になって、自分のことだけしか考えなくなると、分断が始まる。そうなると孤立していくし、個々の力も弱くなっていくし、幸せからも遠ざかっていく。

神様が創り出した自然の仕組みから感じるのは、自分という存在は、肉体の中に宿る生命体であり、それこそが真の自分。その生命というものは、孤立して存在するものではなく、全体の一員であって個人的な人ではない。

私とあなた、もっと言えばすべての存在が一体なのだという感覚になる。

分離ではなく、一体になることが、神様が創り出した宇宙の仕組みなのではないだろうか。


残念ながら、日本の戦後の学校教育というのは、自分のユニークネスを育てるという教育ではなく、画一教育により平均的な人間を作っていくという教育のような氣がしてならない。

自分の好きな科目を追求していくという教育ではなく、むしろ苦手なことを頑張るような仕組みになっている。常に比べることを強要されて、偏差値というものさしで同一線で比べられる。

そうすると、自分が得意なものや好きなものということを忘れていってしまうし、自分が嫌いなものでも無理して頑張れるような人間になってしまう。

その結果、〝人より自分〟という本来の人間とは違う形に作り変えられ、幸せにならない弱体化された人間が作られてしまうように僕は感じてしまう。

しかし、これは宇宙のルールとは反対であるように感じる。

これも自然に入って氣づくことなのだが、自然は競争したり奪いあったりは絶対にしない。自分の命が次の命になっていくという調和の中で成り立っている。そういうものを見ていったときに、我々人間もサムシンググレートが創った創造物の一つなわけだから、調和する方が幸せに生きられるのではないかと僕は思う。

我々人間も、100兆もの微生物の調和によって作りあげられているし、からだの仕組みも、300個くらいの関節、数百の骨、それを支える筋肉も連動でできている。動物も、単独で存在している命はなく、調和によって成り立っている。からだの仕組みも自然界の仕組みも、すべて調和で成り立っているんだ。

ビジネスにおいても、他人と競争したり、利益ばかりを追いかけたり、地位を目指したりする人がいるが、それは自然の摂理から見ると不自然だ。

時代の価値観はすごいスピードで変わっていくが、自然の摂理は変わらない。時代がどう変わっても変わらない部分を、自然から学べる。

もし、あなたが本当の意味で幸せになりたいとか、成功したいなと思ったときには、目に見える表面的な、いわゆる葉や実の部分の解決法を終始模索するのではなく、目に見えない土や根の部分の質を上げていく方が、よほど成功（幸せ）に近づくのではないだろうか。

人間にとっての土とは？根になる部分とは？根本が豊かになると、すべてが整っていく。

サムシンググレートが創った宇宙のルールに則って、競争ではなく調和という生き方にシフトしたとき、あなたの周りにもユニークな個性を持った人たちが集まってきて、面白いハーモニーが始まっていくと僕は思う。

使命

世界中でたくさんの人と出会ってきて、たくさんの才能に触れてきて思うことがある。

人は、本当にさまざまなユニークネスを持っているということだ。好きなものや興味のあるものが、人によってこれだけ異なるというのは本当に面白い。

流れている音を聞くだけで音符を書けてしまう人もいれば、その場ですぐに歌を作れてしまう人もいる。人の顔を見れば模写できてしまう人もいる。数字を見ただけでワクワクして計算できる人もいれば、すごく素敵な文章をスラスラと書ける人もいる。

人によって興味も能力も全然違う。

すべての人がそれぞれの異なるユニークさを持っているのを見たときに、宇宙の面白さというか、人間の面白さに氣づける。


だからこそ、僕はこの世のすべての人に、何かしらの使命があるのではないかと感じてしまう。

これはあくまで僕の世界観の中での話だが、人は生まれてくるときに「人間やりたいです！」と神様に宣言して、この地球にやってきた。

そして、僕たちは人間をやらせてもらうにあたって、おのおの何かしらの使命を選んだ。ただ、それがすぐにわかってしまうとゲームとしては面白くないから、神様は一旦その記憶を僕たちから消して、地球に送り出した。その消された記憶を生きていく中で見つけていく。

これが人生なのではないだろうか。


その使命を見つけるためのヒントが、心のワクワクというセンサーだ。

「なぜかわからないけど惹かれてしまう」という魂のワクワクをヒントに行動していく。そのセンサーに引っ張られながら行動していると、いずれ自分の好きなことにたどり着く。好きなことをしている間は頑張っている感覚がない。時間が経つのを忘れて、夢中になってやっている。

夢中になれることをずっとやっていると、徐々にその分野で飛び抜けた存在になっていく。そうすると、その事で人の役に立てるような人間になっていく。その事で人から必要とされる人間になっていく。

この繰り返しで、自分らしさや本来の仕事、つまり使命のようなものに繋がっていくと僕は思う。

例えば、僕がお願いしている税理士さんも、本当に数字が好きで、僕がいろいろと相談させてもらっているときも、話をしながら電卓を叩き始めている。もちろん数字の話もすごく詳しい。高収入や将来のために、税理士みたいな資格を取っておいた方がいいと思って勉強している人もいると思うが、本当に数字が好きでたまらないみたいな、いわゆる使命を持った人には絶対に勝てないんだ。

他にも、絵を描くのが好きな人は、小さいころから家中の壁に絵を描いたりしている。絵に対して何のときめきもない人が、絵画教室に行って頑張ったとしても、たいした絵なんて描けないのではないだろうか。

だからこそ、もし自分の中に「なんか楽しそうだな」とか「ワクワクするな」というセンサーが働いたら、迷わずその方向に進んでみるといい。

心に湧いてきたワクワクに素直に同化してみると、もしかしたら、あなたの今世の使命に繋がっているのかもしれない。

人生はBtoDの間のC

フランスの哲学者であるジャン＝ポール・サルトル氏が残した、「人生はB to Dの間のCだ」という言葉がある。

僕はこの言葉を聞いたとき、本当にそうだと思った。BはBirth（誕生）で、DはDeath（死）だ。その間にあるCとはChoice（選択）という意味だ。

僕は、親や生まれてくる国ですら、自分が生まれる前に選んできたと思っている。そして、生まれてきた後の人生も、すべてChoiceの連続なんだ。

今の自分の状況に不満を持っていたり、人を羨ましがったり、環境のせいにしたりする人がいるけれど、今の自分の状況は、すべて過去に選択してきたことによって作られている。

あなたの未来は、今あなたがお金を持っているとか持っていないとか、今の置かれている状況とかはあまり関係ない。過去や現在の状況から考えるのではなくて、まずどうなりたいかというのを、自由に好きなように描けばいい。

あなたがなりたいものをセットして、どうしたら叶うのか?ということを考えて、日々そこへ向かって小さな選択をしていく。

あとは、なぜかワクワクするようなことや面白そうだと思うものをChoiceしていけばいい。偶然のような、必然の出会いやひらめきが起こってくるだろう。

人生というのは、与えられるのではなく、選択して、クリエイトしていくもの。

まさにB to Dの間のC。

自分の人生を、サイコーに面白い作品のようにクリエイトしていこう。

魂の成長

僕の存在というのは、肉体というよりは、その肉体に宿っている生命そのものが僕自身だと思っている。そこに宿った魂は死なないと僕は思っている。

もちろん、外側の物質には寿命というものがある。手袋を使っていれば、そのうち穴が開いたり破れたりして使えなくなるのと同じように、どんな物質も時間が経てば古くなり、いわゆる寿命がくる。寿命がくると、そこに宿る魂は物質から出ていき、どこかへ行ってしまう。しかし、その魂は消えてなくなるのではなく、また体験してみたい新しい物質に魂を宿して、生まれる前に決めてきた今世の使命をまっとうしていく。

こんなサイクルで、魂は生まれ変わりながらさまざまな体験を通して成長を繰り返していくんだと僕は思っている。

だからこそ、地球（宇宙）に存在するすべてのものは、魂を磨くために（楽しむために）生まれてきたのではないかと感じてしまう。

その中でも、僕たちは今世、人間という最高に面白い物質に魂を宿らせた。人間に魂を宿らせて、人間としてこの地球に生まれてきたというのは、魂を磨けるすごいチャンスなんだ。

人間はどうしたら魂を成長させられるのだろうか？
どうしたら魂は幸せを感じることができるのだろうか？

その答えみたいなものが、この宇宙を創った神様（サムシンググレート）が創造した自然や、さまざまな生命体を観察していると見えてくる。

自然界には、自分の存在が次の命やエネルギーになっていくという摂理（ルールみたいなもの）がある。動植物の死骸や枯葉も、さまざまな菌や微生物たちのエサとなり、それらの働きにより発酵し、いずれは植物たちの命の源となる土になっていく。いろいろな種の命の紡ぎ合いによるパーフェクトな形で成り立っている。同じ神様（サムシンググレート）が創り出した僕たち人間も、同じような仕組みになっているのではないかと僕は思う。

だから、人のお役に立てたり、誰かを元氣にしたりすることで、幸せを感じられるようにプログラミングされているのではないだろうか。

人間は、何で周りの役に立てるのかを自由に選択できる特権を与えられているような氣がするのだ。


そのためには、まずは自分がなぜだかわからないけれどワクワクしたもの、いわゆる好きなことを夢中になって追求していくことなのだと思う。そのことで、人を喜ばせることができたとしたら、幸せは倍増して、あなたの魂はどんどん成長していく。

ただ、何度も言うが、大前提として人は簡単には喜んでくれない。ましてや、感動させるなんていうのは奇跡のように難しいことだ。

だからこそ、自分の好きをより追求しまくる。その延長線上で、人を喜ばせられるようになり、人が感動してくれるようなレベルになり、人から必要とされるようになってくると、それこそが自分にとって最高の喜びになっていくのではないだろうか。

そうなると、さらに好きを追求したくなり、さらに人を喜ばせられるようになっていく。このサイクルに入っていけば、どんどん魂が磨かれていくし、自分がこれをやりたいと言って生まれてきた使命のようなものに繋がっていくのではないかと僕は思う。

「情けは人の為ならず」という言葉があるが、誰かの為に思ってやることは、誰かの為ではなく、自分が幸せだからやっていることなんだ。

ぜひ、思いっきり自分の人生を謳歌してもらいたい。

僕もここから先の人生、さらに好きを追求しまくろうと思う。

ちゃんと人間やろうよ

サムシンググレートは、この地球にさまざまな種を創った。

猿と一言で言っても、メガネザルや天狗ザル、手のひらに乗ってしまうくらい小さなピグミーマーモットなどなど多種多様だ。蝶々だってモンシロ蝶がいれば、アゲハ蝶もいる。カブトムシだって、日本にいるカブトムシとフィリピンにいるカブトムシは違う。


サムシンググレートは、ありとあらゆる種を世界中に散りばめた。


その中で、サムシンググレートは人間という種を創造した。

チンパンジーから人間になったという進化論があるが、僕は違うと思う。ではなぜ、今でも人間にならなかったチンパンジーが存在するのか。

さまざまな種の動物や虫、植物たちを観察するにつれ、神様は、人間を人間という種として創ったとしか思えなくなってくる。

僕たちは今世、サムシンググレートに「人間をやりたいです」と言ってこの世に生まれてきた。そして、地球に存在する動植物すべてに何かしらの役割があるように、僕たち人間にも何かしらの役割があるはずだ。人間に害虫や雑草なんて汚名を着させられているような存在たちにも、しっかりと重要な役割が存在している。

では、「人間をやる」とは一体どういうことなのだろうか？

何をもって「人間をやっている」と言えるのだろうか？

考えてみると、僕たち人間は、なぜか無駄と思えるようなことをやる。

例えば、猿も水は飲むけれど、人間みたいにわざわざ綺麗なグラスを作って飲んでみたり、お茶を立てて茶器にこだわって美しさを楽しんだりはしない。人間は葉っぱを発酵させて、それを美しく巻いて葉巻を楽しむけれど、葉巻をゆっくり楽しむ熊はいない。他にもカッコいい車を作ってみたり、面白い小説を書いてみたり、絵を見て楽しんだりする。

それらはすべて無駄と言えば無駄なことだ。やらなくても死ぬことはない。わざわざ時間と手間をかけて、水を飲む美しいグラスを作る必要性もない。

しかし、なぜか人間はそんな無駄なことを楽しむ。なぜか無駄なことをして遊んでいる。もしかしたら、人間をやらしてもらっている特権の一つは、そこにあるのではないだろうか。僕たちは、「無駄を楽しむ」という特権を与えられた面白い物体に魂を宿らせた。

あなたは今、ちゃんと無駄を楽しめているだろうか？

近年、ミニマムな生き方とか、モノを持たない生き方が流行っているが、僕はどちらかというと正反対だ。誰かが愛情を持って丁寧に創り出してくれたモノには、素直に感動してしまう。美しいモノや素晴らしい音楽、素晴らしい絵画、素晴らしい空間。そういう別になくてもよくて、いわゆる無駄と言われるものにすごく心を惹かれる。

一生大切に使っていきたいというモノに出会い、それらに囲まれ、それらを大切に可愛がって使っていくと、モノとも大切な友達のような関係になってくる。そして、それらは世界で唯一無二の存在になって、ヴィンテージというものになっていく。

だからこそ、本当に心惹かれるモノに出会ったとしたら、素直に全部手に入れようとすればいい。今の自分が買えるとか買えないとかはどうでもいい。

それをどうやったら手に入れられるか？ということを考えて、そこに向かって進んでいくことで成長できる。それこそが人生の面白さであり、人間をやることの面白さなのではないだろうか。

現実的に買えそうな車じゃなくて、自分がかっこいいと感じて乗りたいと思う車。予算的に住めそうな家じゃなくて、自分がワクワクして住みたいと思う家。なんとなく付き合えそうな女性に告白するのではなくて、素敵だな、綺麗だなと自分がときめく女性に振り向いてもらえるような男を目指していく。

「これでいい」ではなく「これがいい」という感覚を大切にしていく。

ただ自分が最低限の生活をするためだけであれば、必要のないことかもしれない。けれど、せっかくやらせてもらっている人間を、思いっきり謳歌するという意味では、「無駄を楽しむ」ということはすごく大切なことなのではないだろうか。

無駄を楽しめていない人は、せっかく人間をやらしてもらっていることの特権を享受できていないのではないかと僕は感じる。

つまり、人間度が低いということなのではないだろうか。

人間はもっと「あるがまま」に生きていい。自分を生きていい。

「会社の残業も結構楽しいんですよ」「うちのバイトもなかなかやりがいがあって楽しいんですよ」と言う人もいる。そんな人たちに「そんなに楽しいならそこに俺のこと連れて行ってよ」と言ってみたときに、どういう反応をするのだろうか。

自分が本当に楽しいと思っているのなら、そのことを人と共有したいと思うはずだ。もし、人に共有できないとしたら、それは自分をごまかしていることにならないだろうか？ はたして、そこは本当に楽しい所なのだろうか？

本当はたいして面白くないことを無理やり楽しいと思い込む。自分をごまかす。そうやって自分に嘘をついていくと、自分が何者かがわからなくなっていく。

僕がこの本を通してずっと伝えているのは、仕事のやり方でもなく、成功する方法でもない。

人生についてなんだ。

自分に嘘をつきながら生きてほしくないんだ。

自分に嘘つくのをやめよう。

自分を誤魔化すのはやめよう。

人に嘘をつくのはもちろん良くないことなのだけれど、自分に嘘をつくことが一番良くないし、自分にだけは嘘をつくことはできない。

「お天道様が見てるよ」という言葉があるけれど、お天道様というのは〝自分のこと〟なんだ。自分の中に神があるし、自分の中に宇宙がある。だから、自分をごまかして自分の声を聞かないようにすると、自分が何をやっているのかわからなってくるし、自分自身に誇りが持てなくなっていく。

自分自身に嘘はつけない。

「千と千尋の神隠し」という映画がある。その映画のワンシーンで、いろいろな食べ物を手当たりしだい口に入れて、しだいに豚になっていく人間が描かれている。目がイっちゃっていて、自分の子供にさえも氣づかない。しまいには湯婆婆に名前を取られて、自分の名前を思い出せなくなり、自分ではなくなってしまう。

今の現状に何の疑問も持たず、人に言われたことをただ機械的にやっているだけだと、こんな家畜のような人間になってしまうのではないだろうか。

たった一度きりのこの人生で、今世は「この自分をやりたい」と言って、せっかく人間として生まれてきたのだ。だからこそ、豚のように家畜のような生き方をするのではなく、ちゃんと人間をやらないといけない。

人間をやる、自分を生きるということに正解はないけれど、人間として自分を生きるということがどういうことなのかを考えてみるといい。

もし死んだ後、神様に「今世はちゃんと人間やったの？」と聞かれたときに、あなたは自信を持って「思いっきり人間やってきました！」と答えられるだろうか？

人間をやらせてもらっていることに感謝して、自分を生きているだろうか？

それとも、誰かが作った家畜の人生を生きているのだろうか？

ちゃんと人間やろうよ。ちゃんと自分やろうよ。

終章

厄年とは・・・

古くから「厄」は「役」と解され、厄年は神や仏が喜ぶような生き方、つまり「人のお役に立つための重要な年」とされてきたそうです。

自分に降りかかる厄を払おうとするのではなく、「人のお役に立てる役をください」と神社やお寺に行ってお参りをする。さらなる飛躍を願う大切な節目の年になるということが厄年なんです。

僕は、人生とは〝いかに人が役に立たせてくれる自分になれるのか〟ということを目指し、自分を磨き、魅力的な人間になっていくことがテーマなのではないかと思っている。

自分がいかに有名になるとかお金持ちになるみたいなことを目指すのではなく、いかに人が必要としてくれる人になれるのかというところを目指すことが、いろいろな意味で豊かに生きる鍵になるのではないだろうか。

【自分の好き】をとことん追求して、いずれそれが人に必要とされるようになってきて、人のお役に立たせてもらうようになってきて、自分という存在ができあがっていく。

お金を稼ごうと思って、好きでもないことを頑張って我慢してやるのが仕事ではなく、好きなことを追求し、それで人が喜んでくれたり感動してくれるようになると、それが仕事になり、その仕事をさらに突き詰めていくと人生になる。

自分の好きを夢中になって、とことん突き詰めていくことが究極の遊びだ。

日本の神様は誰よりも遊び、誰よりも仕事をやっていたと言われている。

それはきっと、仕事が究極の遊びだからだと知っていたからなんだろう。

遊びを遊び、仕事を遊び、人生を遊ぶ。

サムシンググレートが創った人間は、一人一人が特別な魅力を持った存在なんだ。

誰かと比較することや競争することなく、既成概念に捉われることなく、「こんな人生を送れたら楽しいな〜」というストーリーを想像力全開で描いていく。

経年によって劣化を起こしポンコツになるような生き方ではなく、熟成して、世界で唯一無二のヴィンテージのようなかっこいい人間になる生き方を目指していく。

たった一度きりの人生で、全員が自分の人生の主役。

人間に生まれたことに感謝して、ちゃんと人間をやっていく。

今に感謝して、今に幸せを感じながら生きていく。

あなたの好きをとことん追求する。それを面白いと感じたり、必要としてくれる人が現れてくる。その感動がシェアされて、喜ぶ人が増えていく。そうすると、あなたはさらに磨かれていき、最高にエキサイティングな人生ゲームに突入していく。


今までの僕の人生で感じてきたことではありますが、本という形でシェアさせていただきました。さまざまなご縁で本を出版するにいたりました。この本が、少しでもあなたのお役に立てることができれば、僕にとっての最大の幸せです。

最後に、本書は多くの方々の才能や力があって出版することができました。

「本を書いてみませんか?」というきっかけ、そして編集をしてくれた村田くん、本書のデザイン&イラストをしてくれたユリちゃん、本書に女性からの感覚とセンスを入れてサブ編集をしてくれたさとみちゃん、素敵な写真を撮ってくれたカメラマンのてっちゃん、本書のタイトル「題名のない本」になったきっかけをくれた静岡県の三島に住む女子中学生のかなめちゃん、本当にありがとうございました。

そして、本書を手にとっていただいた読者の方々、これまで僕と出会ってくれた仲間たち、師匠をはじめとした僕の人生の先輩方、ここまで育ててくれた両親、家族、ご先祖様、そして、この宇宙を創ってくれたサムシンググレートに感謝です。

これにて、本書の締めくくりとさせていただきます。

福井豪

上：アメリカのとある旧国道にて
下：ロシアの赤の広場にて

サハラ砂漠の日の出

モンゴル　ウランバートル駅

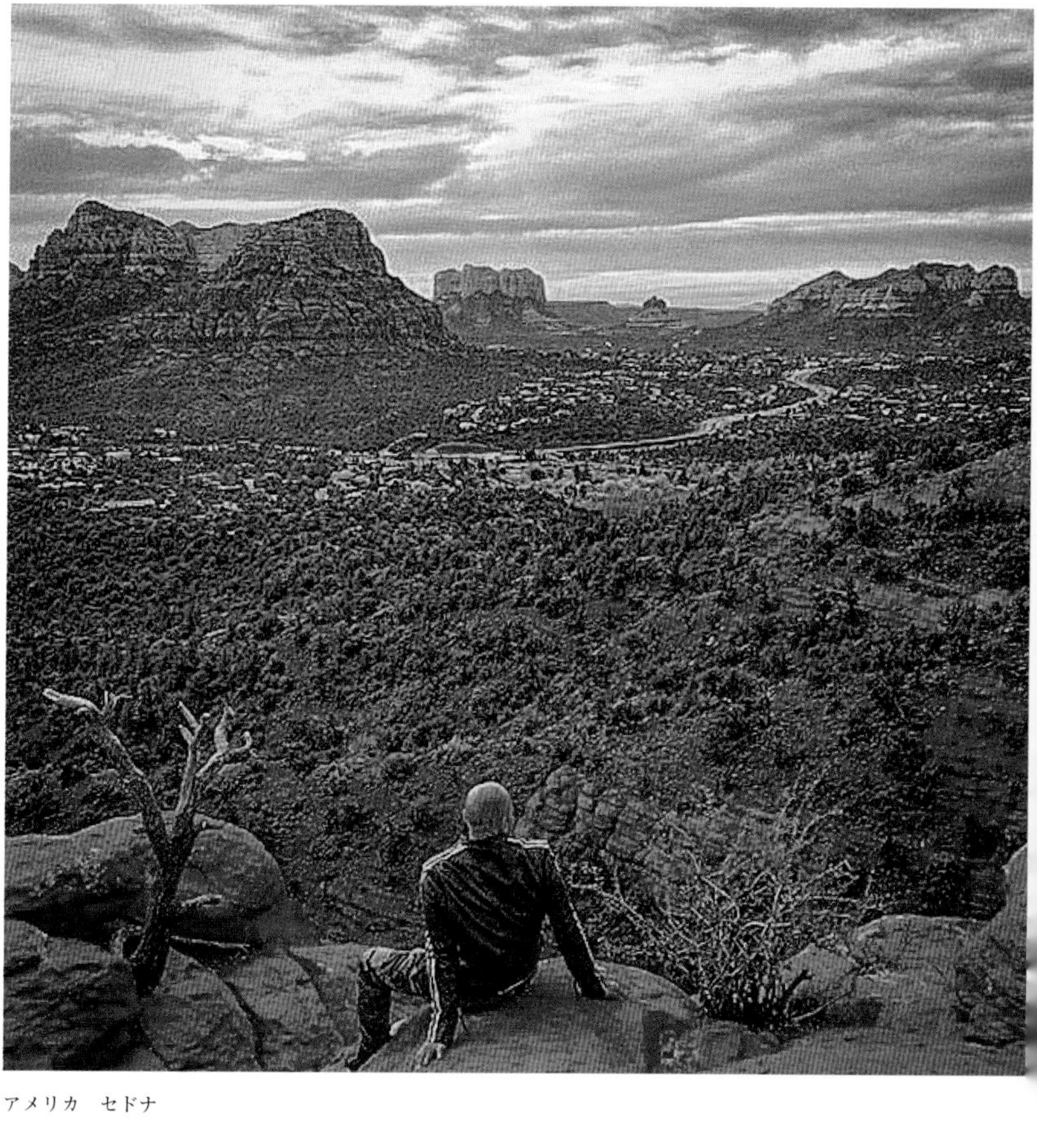

アメリカ　セドナ

66
ROUTE
66

BILLABONG

講演やイベントでのスピーチ

仲間による誕生日イベント

僕の人生に影響を与えてくれたアニキ分達

撮影者：石田哲也（イシダテツヤ）

para ti

仙台　宮島

セントマーチンの空港に近いビーチ

構成・編集　村田晃一朗

表紙・イラスト　カサノユリ

DTP 鈴木翔之亮（Andwho Project）

サブ編集 山崎さとみ

福井豪　Fukui Takeshi

1971年青森県八戸生まれ。
株式会社福来たる 代表取締役

高校時代にオーストラリアでのホームステイ留学にて、日本とは異なる異文化に触れる。その留学での経験が、その後の人生の価値観を大きく変化させていく。帰国後、満員電車の中にいるあまり楽しそうに見えない多くの大人たちを見て【はたらく】とはどういうことなのかを考え始める。
「いかに自分の人生を自分らしく楽しく生きられるのか」
大学卒業後、半年の会社員、会社役員、議員秘書を経験し、25歳で起業。現在は、日本中世界中を旅する旅人（現在100カ国)。自然で遊ぶさまざまな企画やイベントなども主催。講演活動、葉巻輸入などなど。僕の仕事の目的とは…人が元氣になることをしていくということ。元氣とは、元の氣に戻る事であり、元氣な人達が増えれば地域が元氣になり、地域が元氣になれば、地方が元氣になる。そんな国々が増えていけば地球が元氣に。それこそが僕の神様（サムシンググレート）が喜ぶ事だから。

題名のない本

2023年5月1日　初版発行

著者　福井豪
印刷・製本：株式会社シナノ
発行者　村田晃一朗
発行・発売　株式会社 Liiiif / Free Style
〒140-0011 東京都品川区東大井4-15-2
TEL：080-4432-3710 URL：http://www.liiiif.jp E-MAIL：info@liiiif.jp
Twitter：mk-hitomishiri / Instgram：mk-hitomishiri / Youtube：人見知りはどう生きてるかっ！

ISBN978-4-910685-00-7